ドクター・ホワイト

心の臨床

樹林 伸

角川文庫
22954

目次

プロローグ

その広々とした病室の窓は海に面していて、すべて開けるとあたかも海岸に佇《たたず》むような光景と潮の香りに包まれる。

こんな晴れた日には、窓際に座ってずっと本を読んでいたくなる居心地の良さだ。部屋中にいい香りのアロマが満ちていて、壁には世界の一流画家のアートが月代わりで架けられている。ベッドを取り囲むように配置された棚には、季節の花がいくつも飾られていた。

狩岡将貴《かりおかまさき》は、初めて訪ねた時に、一流ホテルのスイートルームのような病室だなと思った。将貴のような庶民には、想像もできない世界だったが、そこに幸福があるとは感じられなかった。

どんな贅沢《ぜいたく》よりも、身体が自由に動き言葉が話せて、好きなものが食べられるという当たり前のことこそが実は真の幸福なのだと、むしろここを訪ねる度に痛感させられるのだった。

熱海《あたみ》の海岸近くの高台にあるこの入院施設は、たった一人の患者のためのものだ。

もともとあった別荘を買い取り、彼女のために改造して医療設備を整え、医師と看護師を常駐させているのである。

持ち主は海江田誠《かいえだまこと》。日本有数のIT起業家であり資産家だ。4年前に経営の第一線を退き、運動神経系が冒され全身の筋肉が萎縮《いしゅく》していく不治の病、筋萎縮性側索硬化症《きんいしゅくせいそくさくこうかしょう》、通称ALSを病んで全身不随の床にあった一人娘、朝絵《ともえ》と一緒にこの瀟洒《しょうしゃ》な別荘兼入院施設で暮らし始めたのだった。

「狩岡くん。天気もいいし、シャンパーニュでも軽く飲まないか」

海江田がワインセラーからボトルを取り出し、グラスを三つ出して、窓際のローテーブルに並べた。

「よかったら白夜《びゃくや》さんも」

シャンパンボトルのコルクを抜きながら、遠慮がちに『さん』付けで呼ぶ海江田は、遺伝的には親子である雪村《ゆきむら》白夜のことを、未《いま》だにどう扱っていいのか計りかねているらしい。

無理もない話だ。ほんの5年ほど前まで、彼は白夜の命を奪おうとしていたのだから。今もベッドの上で指先ひとつ動かせずにいる娘の朝絵のために。

ヒト・クローン。

その全人類共通の絶対的禁忌が、きっと今も日本のどこかで生まれ育っているに違いない。

人里離れた山中なのか、それとも住民も少ない離島なのか。関係組織の者以外は誰も知らない白い壁に閉ざされた施設の中で、おそらくは何人もの子供たちが、いずれ誰かにその肉体の全てを譲り渡す『ドナー』として、誕生し飼育されているのだ。

もちろんそれは犯罪行為であり、世界のどこの法律も彼らの存在を認めることはない。今日でも人間のクローン胚《はい》自体が技術的に樹立不可能とされ、さらにクローン人間は法的にも倫理的にも宗教的にも許されず、一人も造られていないことになっている。

しかし、少なくとも一人、ここにいる。

白夜は、海江田の娘、朝絵の体細胞から造られたクローン人間なのだ。

難病によって全身不随状態にある娘に、脳移植によって健康な身体を与える計画。未だ正体不明の医療犯罪組織がもちかけた悪魔の誘惑に乗ってしまった海江田が、大金を費やして造らせた生贄《いけにえ》の羊であり朝絵の身体のスペアが、胚ナンバー108号、白夜と名付けられた彼女だったのである。

5年前、事件が発覚した時には、新聞社系雑誌の編集記者である将貴は、その事実を記事として公表しようと試みた。

しかし公安警察、そして政府による高度な判断で、その報道はお蔵入りになってしまった。

彼らの言い分では、全人類のタブーとされる悪魔的行為がこの日本で成されていたという事実を公表するのは、あまりにもショックが大きすぎるとのこと。たしかに日本社会に激しい動揺が走るだけでなく、国際世論からの激しいバッシングをも浴びることになるだろう。

ことに警察上層部からは、いずれ公表するにしても謎に満ちた医療組織の正体を明らかにしてからでないと、結局は犯罪者をただ野に放つことになってしまうという理由で、脅迫に近い『説得』を受けた。

もちろん納得したわけではなかったが、実は将貴にもためらいがあった。

白夜の将来のことだ。

この事実が報道されれば、白夜は好奇の目にさらされることになる。それは彼女の驚異的な医学の才能をスポイルすることにほかならず、なおかつ未だ地下で活動を続ける犯罪的医療組織から、常に付け狙われることにも繋《つな》がるだろう。

どちらも彼女のためには、なんとしても避けなくてはならない。

守らなくてはいけないのだ、白夜を。

なによりもそれが、彼女への想いを心に秘め続けている、将貴自身の誓いでもあった。

すったもんだの末、白夜の人権と安全を確保するために監視体制を敷くことを条件に、将貴は警察と政府上層部の『要請』に従うことにしたのだった。

もっとも、従わずに公表しようとしたところで、よくも悪くも公器である新聞社は乗らなかっただろうし、出版社に持ち込んでも一流どころからは断られたに違いない。

かといってインターネットで公表したところで、いち記者の妄想として扱われるだろうし、そう見せるために公安警察や政府が動くだろうことは目に見えていた。

ようするにこの国、いやこの世界では、真実は必ずしも庶民のもとに届けられてはいないのである。

それが現実というものなのだろう。

「いいえ、海江田さん。私、お酒は飲まないんです」

白夜はそう言って、首を少し傾げて微笑んだ。

「ああ、そうだったね。では狩岡くんにだけ、お付き合い願おうかな」

「ええ、喜んで」

と、将貴は海江田に促されるままに、少し硬めの白い革のソファに腰を下ろした。

白夜はひとり、病室の真ん中に据えられたベッドに近づいて、呼吸器をはじめたくさんの管やコードに繋がれたままの朝絵に身を寄せ、慣れた手つきで電動介護ベッドを操作して彼女の上半身を軽く起こす。

「眩《まぶ》しくないですか？　朝絵さん」

その問いかけに頷《うなず》くように、朝絵はゆっくりとした瞬《まばた》きを一つしてみせる。

「よかった」

白夜はまた微笑んで、ベッドの縁に腰を預けた。

「いい天気ね……」

と、窓の外に視線を移す。

普段着のように身につけている愛用の白衣でなく、将貴の妹の狩岡晴汝《はるな》が選んだブルーのワンピースを着ているからなのか、大きな窓からの陽光が、彼女の真っ白い頬をいっそう輝かせる。

思い返せば6年前、初めて白夜を見た時には、その美しさよりも感情の欠如したような面持ちに、戸惑いを覚えたものだ。今の彼女には6年の歳月で身につけていった喜怒哀楽の表現が、ごく当たり前に生まれ育った女性のそれのように備わってみえる。

しかし、将貴は知っていた。

普段の白夜は、まだそう演じているにすぎないことを。

持ち前の学習能力で、普通の二十四歳の大学生のように振る舞うことを覚えただけなのだ。彼女の深部には、その異形の人格を刻みつけた白い牢獄《ろうごく》での長い暮らしが、洗っても取れない刺青のように染みついているのである。

将貴は待っているのだ。

彼女が本当の意味での人間らしさ、誰に教わることもできないヒトという生き物の複雑性を、いつかきっと心に纏《まと》うだろうその日を――。

「いつもきてくれてありがとう、白夜ちゃん」

女性の声がした。機械音声だった。

同時にベッドの脇のモニターに、文字が表示される。朝絵の『言葉』だ。障碍《しょうがい》者用のコミュニケーション・ツールで、視線と瞬きだけでそうやって話が出来るシステムらしい。

似たようなツールは大手メーカーでも作られているが、この装置は海江田が買収した医療機器メーカーが製造しているもので、彼が主導して改良を重ねたとのこと。患者の目を覗《のぞ》き込むように設置された二台のモーションカメラで目の動きを正確に読み取り、瞬きを使わなくても、ＡＩの力も借りて言いたいことが伝えられるという。

白夜は将貴を伴って最低でも月に一度、多いときには毎週この部屋を訪れるが、そのたびに長い時では3時間ほども、飽きずに朝絵とおしゃべりをしていくのである。

身寄りのいない白夜にとっては、いわば年の離れた双子のような存在の朝絵は、気が合う本当の姉妹のような話し相手になりつつあるようだった。

「私が来たくてきてるんです。朝絵さんと話してると、なんだかわくわくするの」

「そういってもらえるとうれしいわ」

十三歳で米国の一流大学に進学した天才ということもあってだろう、ツールを使った朝絵の会話は実にスムースだ。

白夜は彼女との会話に夢中になると、将貴や海江田の存在などまったく目に入らなくなるらしい。時間を忘れて没頭してしまうのだという。

ベッドの上でも常に学び続けてきたと聞く彼女の知性と教養は、医学の知識以外はあちこちが抜け落ちている白夜のそれとは比較にならないほど上質で高度なのだろう。

なにより朝絵の前では、白夜の感情表現はごく自然で、彼女自身のパーソナリティに逆らわないものになっている気がする。つまりそこには、感情というものを身につけ始めてから、まだほんの6年ほどという幼さが、てらいなく迸《ほとばし》っているのだ。

そしてそんな白夜の未熟さを、朝絵は微笑ましく受け止めているように思える。もちろん、彼女の相貌《そうぼう》にその表情が浮かぶことはないのだが。

「あ、そうだ。忘れてました。お土産買ってきたんですよ」

白夜はソファの所に置いたままの手土産の袋を取りにいく。

熱海駅近くで買った名物のプリンだ。

『熱海プリン』というのだが、白夜がどこかのサイトで見つけてきたのである。

普段の食事は、ビタミンとミネラルのバランスだけ考えて、質素な晴汝の作る料理を一番好きだと言って食べていて、好物のたぐいは聞いたことがない。ただ、プリンだけは別格なのだ。

ネットであれこれ調べては、高森《たかもり》総合病院で診断チームの一員として働いていた時の貯金を切り崩して、たくさん買い込んできて冷蔵庫に並べている。

普段、余計なことをしゃべらずに感情表現にも乏しい白夜だったが、プリンを食べている時だけはご機嫌で、いつもニコニコ笑って美味《おい》しそうにスプーンを口に運んでいるのである。

彼女がプリンにはまったのは、一昨年《おととし》のことだっただろうか。晴汝の就職祝いをやろうと将貴が提案したところ、それならば白夜の誕生日も一緒に祝おうと言い出して、その時にレストランの食後のデザートとして食べたのがきっかけだった。

そもそも誕生日のわからない白夜の誕生日を決めたのが晴汝だった。４月18日。白夜と将貴が出会った日だ。その日に彼女は初めて外界に出て、施設の中の研究者たち以外の人間と接した。

その日が誕生日だとすれば彼女は、まだ六歳児ということになる。六歳の女の子といえば、プリンが大好きな年齢ではある。

「朝絵さんも、プリンなら少しだけ口に含んで味を楽しめるでしょう？」

などと言って、食器棚からスプーンを出してきて、プリンの入った昔の牛乳ビンのようなガラス容器を出して、ベッドサイドのテーブルに並べていく。

「これがコーヒー牛乳味で、前に来た時に買って帰ってすごく美味しかったんです。このマロンもお薦めですけど、最初はこっちのカラメルシロップ付きから食べてほしいかな。どれからにしますか」

「そうね、だったらおすすめのものからいただこうかしら」

機械音声で朝絵が答えると、嬉《うれ》しそうに微笑んで白夜はそのプリンの包装を解いて、スプーンにほんの少量載せる。

「ちょっとだけ外しますね」

と、スプーンを持ったままで、朝絵の口から呼吸器を外し、半開きの口の中にそっとプリンの欠片《かけら》を入れた。

朝絵はかろうじて動く舌でそれを舐《な》めとり、ゆっくりと味わって少しずつ、誤嚥《ごえん》に気をつけて呑《の》み込んで言った。

「本当に美味しいわ。ありがとう、白夜ちゃん」

朝絵が言うと、目を細めて白夜は、自分の口にもプリンを運ぶ。

「やっぱり美味しいですよね、凄《すご》く」

そして楽しそうに会話を弾ませながら、あっと言う間に一つ目のプリンの瓶を空にしてしまう。

二人の話が弾んでいるのを見て、自分たちは蚊帳《かや》の外だと目配《めくば》せして苦笑し、海江田と将貴は並んでソファに座り、小さくグラスを当てて乾杯した。

「狩岡くんには、心から感謝しているよ」

海江田が海を見ながら言って、グラスの縁を口もとに運ぶ。

それに倣って将貴も一口、柔らかい香りのシャンパーニュを飲んで、

「いえ、私は何もしていません」

と、海江田が眺めている海に目をやる。

「白夜が私のところに来たことで、そもそもこうなる運命の流れに乗せられていたのかな、と今にしてみれば思うんです」

本心だった。

犯罪組織から白夜を連れて逃げた高森勇気《ゆうき》が、たまたま昔から家族ぐるみの付き合いだったことで、彼は将貴に白夜を託した。

将貴は勇気の思惑通りに白夜を、彼の妹で高森総合病院の跡継ぎである高森麻里亜《まりあ》の許《もと》に連れていくことになる。

そして白夜は、神懸かったような診断を次々になし遂げていった。その迸るバイタリティで、傾きかけていた病院を変え、澱《よど》んでいた医師たちの意識を変え、多くの患者たちを救い、海江田と朝絵をも救ったのだ。

「運命の流れか……」

海江田の瞳《ひとみ》は、じっと水平線を見つめていた。

空と海は同じ青でも、その密度が違う。空の青はどこまでも突き抜けるような透明感で、海のそれはどっしりとした存在感に溢《あふ》れている。

海江田は、どちらかといえば空を見つめているように感じた。

どこか儚《はかな》い、宙《そら》の青を。

「少しお痩《や》せになられましたか」

ふとそう感じて問いかけた。

「……うん。そうかもわからんね」

その受け答えが気になった。どこか身体でも壊しているのか。それとも何か心配事でもあるのだろうか。

「やはり、君には話しておいたほうがいいか」

と、海江田は半分ほど飲んだシャンパングラスをテーブルに置いて、将貴の方に向き直る。

「朝絵は死を望んでいるんだ」

「えっ？」

「知っての通りALSは有効な治療法がない。運動ニューロンが冒されていき、全身の筋肉が萎縮《いしゅく》していずれは……」

海を見つめたままで、小さくため息をついて言った。

「目の動きすら失われてしまう。そうなれば機械を使った会話すら、ままならなくなる。いわゆる『閉じ込め症候群』という状態だ」

「そんな……」

「安楽死を望んでいるのだよ、朝絵は。そんな生き地獄に陥る前にね」

「そうだったんですか……」

振り返り、白夜の様子を見た。

彼女は朝絵との対話に夢中で、今ここで語られていた深刻な事実は、耳に入っていないようだった。

それを承知で、海江田は言った。

「あとで、白夜さんにも話しておいてほしい。君の口から。よろしくお願いするよ」

と、薄くなりかけた頭を下げる海江田は、IT業界の革命児、怪物と言われた面影はすでになく、一人娘を失おうとしている一人の父親でしかなかった。

「はい、承知しました」

彼の気持ちを思うと、そう応《こた》えるのが精一杯だった。

落胆を隠そうともせず、涙ぐみながら自分のグラスにシャンパーニュを注いで、口の端からこぼれるのもかまわずに飲み干す。

もともと小柄な男だったが、いっそう小さく弱々しく見えるのは、たんに痩せたからという理由ではなさそうだった。

神に背く行為と知りながら、数十億の資金を費やし、なりふり構わず救おうとした一人娘に近づく死神は、この天才経営者から全ての気力を奪おうとしているのだ。

「もう私に出来ることは、一つだけだ。残る時間を娘と一緒に過ごすことだけなんだ。ただ、それだけになってしまったよ」

そう言って振り返ると、朝絵は白夜にそっくりな目を見開いて、じっと父の憔悴《しょうすい》した有り様を見ている。

言葉に出来なくても彼女の目は訴えかけていた。


もういいの。

お父さんは十分頑張ってくれた。

ありがとう。

白夜は気がつくと四つあったお土産のプリンをほとんど一人で平らげていて、そんな親子の言葉にならないやりとりを、しばし不思議そうに見比べているのだった。

第一章　ドクター・ホワイトの帰還

1

「ありがとうございました」

ドアの向こうに消えていく最後の客に向かって、深々と頭を下げながら、野上一夫《のがみかずお》は一日がまた無事に過ぎたことに感謝していた。

ほんの三カ月ほど前までは、井の頭公園《いのかしらこうえん》の舞台の上やベンチで、新聞紙を布団代わりに被《かぶ》って寝泊まりしていたのだ。

雨が降れば公園のトイレの個室に籠《こ》もって、背中を丸めて寝る。捨てられたコンビニ弁当の残りを拾い集めれば飢えることはなかったが、残りの人生に希望は一かけらもないと絶望していた。

長く勤めていたバーが、新型コロナウイルスの感染拡大をきっかけに閉店したのが1年半ほど前。そのまま失職した野上は再就職もままならず、苛立《いらだ》ちから次第に酒に溺《おぼ》れていったのだった。

1年前に借りていたアパートを追い出されると、もう仕事を見つけられる見込みはなくなった。家族もなく住所不定というだけで、雇い主の側からすれば不安なのだろう。コピーして使い回していた履歴書も、考えてみればイメージは良くなかった。

35年にも及ぶバーテンダーとしての経験を誇りに思っていた野上は、そこを評価してくれる仕事を求めて日雇い労働などは避けてきた。しかしそんなキャリアなど、このご時世ではなんの役にも立たないことを思い知るころには、公園を寝床にするのが日常になっていた。

安岡美保《やすおかみほ》が野上を拾ってくれたのは、そんな朝のことだった。

公園の広場に作られた多目的ステージの隅っこで、カラスの鳴き声におびえるように目をさました彼に、客席のベンチから美保が声をかけてきたのだ。

早朝からジョギングをしていたのか短パンにTシャツ姿の美保は、遠目には三十そこそこに見えたが、野上の知る限りでは彼女はもう五十歳近くなはずだった。15年ほど前、銀座《ぎんざ》の店でバーテンダーを務めていた頃に、一緒に働いたことがある。

まだ三十三歳だったがやり手で、チイママとして売り上げに貢献した後に、吉祥寺《きちじょうじ》に自分の店を出すと言って辞めていった。それから何年かして野上も吉祥寺のバーで働きはじめてからは、何度か彼女の店に飲みに行ったものだ。

ただそれだけの縁でしかなかった野上に、美保は仕事と部屋を与えてくれた。給料は安いがその代わりにと、店の酒もある程度は自由に飲んでいいと言われている。

二日酔い防止のためにと薬をくれてもいるし、解約した時に退職金が払えるからと、法人名義の保険にも入れてくれて、その保険料も会社から支払ってもらっているのだ。

いつも通り店の後片付けをしながら、今置いてある中で一番安いウイスキーを、グラスに注いでチビチビと飲む。安価とはいえ目の利く野上が選んだものだから、ストレートで飲みたい味わい深さがある。

最後の客が帰って少しすると、いつも通り美保が店に現れた。他にも店をひとつ経営しているようで、そこが閉店した後に野上が働く『バー・M』に来るのが日課だった。

「あら野上さん、そんな安酒飲まないでよ」

そう言って美保は、カウンター奥の棚からマッカランの12年を出して、新しいグラスに注ぐ。

マッカランは十八世紀から続く単一蒸溜《じょうりゅう》所の原酒だけで造られている、いわゆるシングルモルト・ウイスキーだ。野上の好みをよく知っている美保は、いつもこうしてシングルモルトを勧めてくる。

「ほら、そんなのさっさと飲み干しちゃって、こっちを飲んで」

と、たっぷりと琥珀《こはく》色の液体を注がれた、バカラのタンブラーグラスを差し出した。

「こんなに沢山頂いていいんですか、美保さん」

そう応じながらも、思わず喉《のど》をごくりと鳴らしてしまう。

「いいのいいの。さ、その安酒を飲んだら、次はマッカランよ。野上さんがお好きなドライマンゴーも、おつまみにどうかしら」

と、美保は棚にならぶガラスの広口瓶を逆さにして、グラスと同じバカラのボウルに惜しげもなくオレンジ色のドライマンゴーを盛りつけた。

「頂きます」

と、一息に飲みかけのグラスを空にすると、バカラを手にして照明に透かす。

美しい琥珀色を眺めていると、人生の後半にふいに訪れた身に余る幸運に感謝したくなる。同時に、その理由も知りたくなるのだ。

好物のドライマンゴーをひとかけら口に放り込み、ストレートのマッカランをぐいと飲むと、いつになく勇気が湧いてきた。

訊《き》いてみようかな、今夜は。

グラスを静かに置くと、カウンターの向こう側に座っている美保を見て、

「美保さん、なんで私なんかにこんなに良くしてくれるんですか」

「えっ、どうしたの急に」

苦笑する美保のためにマッカランの水割りを作りながら、

「公園で寝泊まりしてた六十五になるチビでアル中の元バーテンを拾ってくれて、店で働かせてくれて住むところまで……親切にもほどがあります。こんないい酒も飲ませてくれて、考えると涙が出そうになる。どうしてなんですか。わけを教えてもらえません

か」

　カウンター越しに目の前に置かれた水割りを少し口にすると、美保は目を細めて言った。

「似てるのよ、野上さん。亡くなった父に」

「私がですか」

「ええ、そういう驚いたような顔とか、本当にそっくり。ほっとけないでしょ、そんな人を」

「そうだったんですか……」

　ようやく納得がいった。そんなこともあるのかもしれない。

「あたし、親不孝だったからさ。その罪滅ぼしみたいな気持ちもあって。だから気にしないで、ずっとこのお店を手伝ってね」

「もちろんです。私でよければ喜んで」

　と、マッカランのグラスを摑《つか》んで、今度はさきほどより少し多めに喉に落としこんだ。ひりりとするアルコールの痺《しび》れが、身体の芯《しん》を駆け抜けてゆく。

　この感覚がたまらなく好きだ。

　チビチビやるのもいいけれど、ある程度の量をぐいと飲まないと、この痺れは味わえない。

　身体に悪いのは承知の上だ。無職で酒びたりだった頃よりも、ここのところ酒量はずっと多くなったし、ただでさえ良くなかった肝臓は、きっと潰《つぶ》れる寸前だろう。

でも、もう人生になんの未練もない。

こうして、きっと長くはない残りの日々を好きな酒と仕事に埋没しながら生きていければ、本望なのである。

いつのまにかグラスは空になり、またボトルからマッカランを注いだ。

そんな野上を微笑んで眺めながら、美保は大きめのハンドバッグから白いプラスチックボトルを取り出してカウンターに置いた。薬剤の入れ物のようだったが、名称は何もかかれていない。

「これ、いつもの薬よ。これを飲んでいたら、多少はお酒を飲み過ぎても大丈夫、二日酔いの頭痛から解放されるの。今日みたいに飲んだ日は、一度に20錠くらい飲んでも害はないし、いいと思う」

「20錠ですか。頑張って飲みます」

「よかったわ。これからもよろしくお願いします」

小首を傾げて笑う美保は、五十手前にはとても見えない。若い頃から美人だったが、今も変わらぬ綺麗《きれい》さである。

本当に幸せだ。

もういつ死んだってかまわない。

引退したあとに年金のようにもらえるお金も、会社名義で用意してくれているそうだが、自分は引退など考えていないし、どうせなら恩ある美保のために何かを残し、現役のバーテンダーとして逝きたい。

そんなことを考えていると、カウンターチェアに置かれた美保のハンドバッグの中で、何かがブルブルと震えだした。

携帯の着信らしい。

「あら、こんな時間に仕事の電話だわ。ごめんなさい、あたしもうそろそろ帰るわね。あとはごゆっくり」

手にした携帯を眺めながら、美保は立ち上がりバッグを肘《ひじ》に提げて戸口に向かう。その忙しそうな背中に向かって野上は、酩酊《めいてい》をこらえ姿勢をただして、

「ありがとうございました」

と、客を見送るように頭を下げたのだった。


「はい、あたしです」

エレベーターに乗らず階段で下りながら、美保はスマホに向かって囁《ささや》いた。

「どうなさったの、こんな時間に」

「首尾はどうかと、ふと気になりましてね」

電話の主は、笑いを堪《こら》えるような声色で言った。

「そろそろいいタイミングじゃないかって、昨日、薬をお渡しする際に美保さんがおっ

しゃっていたから」

「ええ、そうなるかもしれないわ。まさに今しがた、お店でお薬を渡したところなの」

「そうですか」

ぐすっ、と笑い声が漏れた。

やけにご機嫌だ。好きなワインでも飲んでいるのだろうか。

「うまくいったら、祝杯をあげたいわね」

美保も、彼の上機嫌に乗ってあげることにした。

「折角だからロマネコンティでも開けちゃいましょうよ」

「ロマネですか。いいですね。それくらいのご褒美はあってしかるべしだ」

「楽しみね」

「ええ。楽しみです。おやすみなさい」

彼はそれだけ言って、電話を切った。

いつものように、そっけなく。

悪魔のように、如才なく。

2

新緑をすり抜けて差し込む木漏れ日が、今朝はやけに眩《まぶ》しい。前を走る妹の晴汝も同じなのか、時おり掌《てのひら》を額にかざしている。

顧みると後ろの白夜は、いつのまにかランニング用のサングラスをかけていた。推定年齢十八歳になるまで陽光を知らずに育った彼女は、外界に出てからもう6年になるが、相変わらず強い日差しが苦手らしく、日中はいつもサングラスを持ち歩いているのだ。

「暑いですね、今朝は」

目が合うと白夜は、そう言って白い歯を見せた。

「ほんとだな」

と、将貴は水面《みなも》を輝かせる公園池に目を移す。

桜の季節が過ぎたばかりだというのに、公園の森を吹き抜ける風は、もう夏の気配を帯び始めていた。

自宅からほど近いこの井の頭公園で、将貴が早朝ランニングを始めてから6年が過ぎた。白夜が港《みなと》医科大学に合格した4年前からは、看護大学の3年生だった晴汐も加えた三人で週に二度のペースで続けている。

6年前の朝、ちょうど今走っている森のこの辺りで、全裸に白衣だけをまとった白夜に出会った。

笑顔も怒りも涙も知らない人形のようだった彼女は、その後さまざまな経験を経て人間性を培い感情表現を覚え、今は普段の生活ではごく自然に振る舞っている。

しかし、白夜が本当はどんな思いを抱えて生きてきたのか、ずっと家族のように一つ屋根の下で暮らしてきた将貴も、当たり前だが知ることはできない。

何を抱え、何を探し、何を得て何を捨て去り、そしてどこを目指していくのだろう。願望はあるのだろうか。目標はあるのだろうか。

天才的な頭脳を発揮して彼女はすぐに大学受験資格を得ると、そのまま大学受験も学費が免除される特待生資格で突破して、医師になる道を順調に歩んでいる。

しかし将貴はたまに思うことがあるのだ。

白夜はどこに向かっているのだろうか。

そこに彼女の安息の地はあるのだろうか。

「ねえ、お兄ちゃん。もう一周するの？」

考え事をしながら走っている将貴が、スタート地点のカフェの前を通り過ぎようとしているのを見て、晴汝が呼びかけてきた。

「あ、そうだな。そろそろ帰って支度しないと、今日は白夜が……」

「そうだよ。『里帰り』する日じゃない」

「里帰り……」

晴汝の言葉を、白夜がおうむ返しする。

「あ、ごめん、わからない？」

「言葉としては知ってます。お盆やお正月に生まれた地方に帰ることですよね」

「ええ。それに喩《たと》えて言ったりするのよ。白夜ちゃんの故郷みたいなものでしょ、高森総合病院は」

「……わかる気がします」

白夜は照れたように微笑んだ。その笑顔は作り物ではなさそうだった。

将貴が高森総合病院を訪ねるのは、実はかれこれ2年ぶりだった。晴汝が看護師として提携医療機関の港医科大学附属病院に就職した時に、世話になった御礼の挨拶《あいさつ》のために一緒にいったのが最後で、それ以来足を運んでいない。

ちょっとした風邪くらいなら近くのクリニックにいけば済むし、白夜も都心部の大学に通い始めたとなると、行く理由がなかったのである。

ただ、幼なじみの麻里亜はもちろん、かつて診断協議チーム『DCT』に白夜と共に所属していた医師たちとは個別に会って、時には食事したり酒を酌み交わしたりしていたし、話にはいろいろと聞いているから、久しぶりに訪れるという感慨があるわけではなかった。

それでもこうして、晴汝と白夜を伴っていくとなると、格別な思いが胸をよぎる。

医師でもないのに名医さながらの診断能力を発揮し、次々に患者を救い、経営危機に陥っていた病院までも救った白夜の活躍は、晴汝の話では今も語り種《ぐさ》だという。

そういう晴汝も白夜に二度に亘《わた》って助けられたのだ。

病院のゲートをくぐり広い駐車場を抜けてエントランスの前に着くと、白夜は立ち止まりぐるりと周囲を見渡した。彼女もやはり懐かしいのだろう。なにしろかれこれ4年ぶりの訪問なのだから。

と、思って見ていたら、意外なことを言われた。

「駐車場のレイアウトが変わりましたね。それとあの建物、4年前はなかった。増築したんでしょうか」

なんだそういう理由か、と苦笑すると、怪訝《けげん》そうに顔を覗《のぞ》かれた。

「何がおかしいんですか、将貴さん」

「いや、たいしたことじゃないんだ。ちょっとね……」

「そうですか」

と、さっさとエントランスに向かって歩きだす。こういうことを深く追求しないのは、彼女のいいところだが、少し拍子抜けもしてしまう。

このあっさりしすぎとも言える対人感覚のせいもあるのか、大学では友達らしい友達は一人もいないという。

入学当初はその並外れた美貌《びぼう》に目をつけた学生たちが大挙して寄ってきたようだが、もちろん全員が玉砕。やがて彼女の不思議な性質に近寄りがたさを感じたのか、2年生になる頃にはそういう輩《やから》もいなくなってしまったらしい。

ただ、話をする相手がいないわけではなく、成績優秀者の白夜は試験前には、勉強を教わろうとする学生たちに囲まれていると、将貴は親代わりに面談で大学に出向いた時に、担当の教授から言われた。

しかし当の白夜は彼らに興味がないらしく、用件が済めばさっさと離れ、一緒に食事や飲み会に行ったりはもちろん、カフェで話し込んだりすることすらなかった。友達が欲しいと思うこともないようだ。

6年来の同居人である将貴と晴汝がいれば、他に話し相手はいらないと本人は言い切っている。

そんな調子だから、もちろん恋愛などはまったく気配もなさそうで、晴汝はそういう話を白夜から聞くたびに、せっかく綺麗《きれい》なんだからもったいないと、彼氏くらい作るようにけしかけていた。

白夜に秘《ひそ》かに思いを寄せている将貴にしてみれば、余計なお世話だったのだが。

決して叶《かな》わぬ恋なのだろうと思いながらも、かれこれ5年以上も変わらずに気持ちを抱え続けている自分が、我ながら嫌いではなかったのである。

3

「岩崎《いわさき》先生」

看護師が、岩崎竜介《りゅうすけ》の肩をちょんちょんと叩《たた》いてきた。どうやらウトウトしていたらしい。

いけない。こんなことじゃ、当直医は務まらない。

相談役の上級医は、岩崎を日頃から高く評価してくれる人で、それが故に自分は院内で別の業務をしているからと、内科全体の単独当直を任せてくれたのだ。いい経験になるからと言って。

確かにいい経験かもしれない。なにしろ、昨夜から今朝にかけては本当に忙しくて、病棟では容体の急変する老人が三人も立て続けに出たかと思えば、小児がんで入院している小学生がふらふらと病室を抜け出して騒ぎになり、おまけに救急搬送されてきた急性アルコール中毒の年配男性が回されてきて、その対応をするはめになった。

そもそも学生時代から昼夜逆転生活など経験したことのない岩崎にとって、夜を徹しての当直は思った以上に疲労困憊《こんぱい》する仕事だったのである。

とはいえ、自分を買ってくれている上級医を失望させないために、ここはきちんと責任を果たさなくてはならない。そういう気持ちで岩崎は、無理やりの笑顔を見せて看護師に向き直った。

「ごめん、ちょっと考えごとをしてて。どうかしましたか」

クスッと小さく笑われた。ベテラン看護師の彼女には、ちょっと居眠りがばれていたのかもしれない。恥ずかしい気持ちがわき上がったが、ぐっと堪《こら》えて威厳をみせるために立ち上がる。

「すぐに対応しますので、言ってください」

「あ、はい。深夜に救急搬送された患者が」

「ああ、急性アルコール中毒の」

そう岩崎が診断した六十代の男性だ。

ふと時計を見ると、もう朝の8時を回っている。

当直は勤務医たちが出勤してくる9時までなので、あと1時間で帰宅できる。

岩崎は半ばホッとしながら、看護師が持ってきた最後の仕事に向かった。

四人部屋の病室の一番手前のベッドの上で、その患者はうめき声をあげて蠢《うごめ》いていた。のたうち回るというほどの動きではなかったが、表情を見る限りではかなり苦しそうだった。

「どうしました?」

岩崎が近づいて訊《き》くと、白髪の痩《や》せた小柄な男性は嗄《しわが》れた声で言う。

「お腹が……この辺が痛くて……」

右肋骨《ろっこつ》の下辺りを押さえている。

少し吐いたのかベッドの上には汚物が見られた。傍らには昨夜着ていた私服が畳まれていた。それも白っぽく汚れている。

ひどい臭いもした。

吐いた物の臭いに混じる糞尿《ふんにょう》の異臭。もしかすると下痢を起こして排便してしまったのかもしれない。

昨夜のヨレヨレで服をひどく汚したこの患者の姿が思い出された。

看護師二人がかりで対応するのを2メートル離れて衣服の着替えを観察し、重大な外傷は見当たらないことを確認。そのうえでなんとかしゃべれる患者から、酒を飲んでひどく酔ってしまったという事実を聞きとった。

そのうえで採血と採尿を頼んで、結果から急性アルコール中毒と診断したのである。もちろんおおよその『答え』は見えていたから、先に輸液もしてあった。正直、それ以上に医師が出来ることはなにもない。

あとは呼吸の観察だけしておくようにと告げて、この四人部屋に上げてもらったのである。

その患者をまた、当直が終わる直前に診ることになるとは。

いっきに気持ちが萎《な》えた。朝だというのに、またハズレくじを引いてしまった思いがした。しかし、医者を続けていくならこんなことは日常茶飯事なのだ。

なるべく患者を見ずに、採血と採尿の結果に目を落としながら看護師に告げた。

「鎮痛剤の点滴をお願いします。アセリオ1000ミリグラムで」

4

朝8時半と通常勤務の時間としては早いにも拘《かか》わらず、かつてこの病院で共に働いたDCTの面々は、全員が揃って白夜を出迎えた。

「ウェルカムバック、ドクター・ホワイトナイト！」

両手を大げさに広げて真っ先に声をあげたのは、皮膚科部長に就任したばかりの夏樹《なつき》拓美《たくみ》だった。

下手に近づくと抱きしめられそうなその勢いを警戒しながら、白夜はそれでも少し嬉《うれ》しそうに応《こた》えた。

「皮膚科部長就任おめでとうございます、夏樹先生」

「お、ちゃんと先生つけて呼んでもらえたぞ。社会性身につけたな、白夜ちゃん」

「最初はともかく、1年くらいしてからはちゃんと先生って呼んでましたけど」

「あれえ、そうだっけ」

「そうですよ」

脳神経外科の仙道直樹《せんどうなおき》が割り込む。

「まあ、確かに納得いかないまま、いちおう先生付けで呼んでた気もしますけどね」

仙道は4年前、おそらく白夜に惹《ひ》かれていたのではないかと、将貴は思っている。DCTの中では一番若く、未婚だし当時は恋人もいなかった。

白夜に最初に誤診を指摘されてこっぴどくやり込められたのも彼だったが、逆にそういうことがきっかけで、異性に心を奪われることもあるのだろう。

しかし、二カ月ほど前に麻里亜に誘われて出た元ＤＣＴメンバーの食事会に、彼は交際中だという二十代の女性を連れてきたので、今は吹っ切れているはずだった。

「皮膚科は総合病院じゃ傍流だから医師も少ないし、部長っていってもやってることは前と一緒だよ。それより仙道はいまや、脳外のトップナイフだ。毎日、頭開けてて、ＤＣＴにちっとも顔ださないんだよ、な？」

夏樹に背後から肩を揉《も》まれて、仙道は迷惑そうに振り返りながらも、

「毎日なんてことないですって。大げさですよ、夏樹先生。まあ、五十過ぎてる他の先生方、最近切りたがらないから、忙しいっちゃ忙しいですが」

と、まんざらでもない様子だ。

「いやいや、変わりませんね、白夜さんは」

と、精神科の西島耕助《にしじまこうすけ》が、一番後ろから背伸びをして手を振った。

相変わらずのずんぐりとした体形で、最初に会った時に白夜に血管の状態を調べろと言われた頃より、むしろ少し太ったようだ。

井の頭公園の近くにある焼鳥屋に集まった件《くだん》の食事会でも、好物だという鳥皮を山ほど頼んで食べながら、ビールを何杯もお代わりして上機嫌だった。

その会で内科部長を務めている麻里亜が皆に、白夜が実習生として高森総合病院に戻ってくると発表したせいかもしれない。

白夜は彼ら全員にとっても、きっと特別な思い入れのある存在に違いないのだ。

「お帰りなさい、白夜さん」

すいっと一番先頭に歩み出て、麻里亜が言った。

「楽しみにしてたのよ、あなたが来るのを。あたしたちだけじゃなく、この4年で入った先生たちもみんな、あなたがここにいた2年間で起こした奇跡を聞いてるから」

「奇跡なんかじゃありません、麻里亜先生。私は事実を積み重ねて導きだされた、ごく当然の診断仮説を立てただけです。そしてそれに則《のっと》って、治療方法を提案したというだけのことですから」

「いいえ、あなたは正真正銘の奇跡をいくつもなし遂げた。特にあの狂犬病の件は……」

と言いかけて、麻里亜は言葉を濁した。当時院長で、狂犬病治療のための麻酔が最期の仕事だった、父の高森巌《いわお》を思い出したのかもしれない。

思えばあの一件がマスコミに大きく取り上げられたことが、高森総合病院の経営が改善していくきっかけとなったのだ。

麻里亜はふと将貴と目を合わせた。亡き父との思い出を共有しているのは、もうここでは幼なじみの将貴だけなのだ。

懐かしさのこもった視線を交わし合い、きっと将貴と同じくほんの数秒の間に沢山の出来事を回想した後、何度か瞬《まばた》きをして何事もなかったように微笑むと、

「ともかく、心から歓迎するわ」

と、白夜に握手を求めた。

「はい、麻里亜先生。よろしくお願いします」

おずおずと差し出された白夜の右手を、麻里亜は少し乱暴に摑《つか》んで言った。

「こちらこそ。短い間かもしれないけど、実習生としてではなく、実質上の総合診療医としての活躍も期待してるの。前もそうだったけど、診断仮説を立てるだけなら、医師免許は必要ないものね」

「はい、お役に立てたら嬉しいです。あ、これ……」

と、左手に下げていた紙袋を、麻里亜に渡す。

「今日からお世話になるので、手土産を持ってきました」

「えっ、手土産？」

と、将貴の背後で微笑んでいる晴汝に目をやった。麻里亜の見立て通り、もちろん晴汝のさしがねだ。こういう時に手土産を持っていくなんてことは、まだ白夜に自分からはできない。

でも、選んだのは白夜である。

先日出向いた熱海で買い込んできた、例の『熱海プリン』だ。

「あとでDCTのミーティング室でみんなで食べましょう。このコーヒー牛乳味がお薦めですから、麻里亜先生はこれを選んでくださいね。夏樹先生はたぶんこのマロンがいいと思います。仙道先生はかぼちゃ、西島先生は落ち着いた味の静岡抹茶にしましょう」

嬉しそうに自分の手土産の解説をいきなり始めた白夜を、啞然《あぜん》とみていた西島が、

「なんか楽しくなりそうですね、しばらく。白夜さんがいなくなってからは、DCTも大変だったんですよ」

と、笑いを堪《こら》えるようにして言った。

「仙道先生と夏樹先生、ことあるごとに意見が食い違って。僕の話は二人ともぜんぜん聞いてくれないし、しまいには白夜さんに電話して訊《き》いてみようとか、どっちかが言い出して、麻里亜先生が軽くキレて終わるという」

「電話してもらってもよかったです。授業中でなければ、スマホを使ってリモートで診断協議に参加できたと思います」

白夜が深く考えずに言うのを聞いて、麻里亜が苦笑する。

「そういう問題じゃないのよ、白夜さん。でも大丈夫。おかげであたし、ずいぶんと勉強させられたから。そう……あたしが頑張らないと、この病院またおかしくなっちゃいそうで……」

ふと、麻里亜が表情を曇らせた。

その空気を感じてなのか、夏樹たち三人も黙る。

なんだろう、この雰囲気。

まるで病院の経営を奪い取るかの勢いで、医療ファンドグループのJMA、ジャパン・メディカル・アドバイザーズの派遣医師たちが乗り込んできた、あの時の彼らを見るようではないか。

ＪＭＡは程なく白夜たちＤＣＴの活躍で病院のファイナンスが好転したこともあり、資金援助は続けながらも派遣医師を引き上げて、経営にはノータッチの姿勢に切り換えてくれた。

麻里亜の話では、もうＪＭＡの持ち分は当時の半分以下で、実質上の支配力はなくなっているようだ。

では、この嫌な空気はなんなのか。

気になりながらも訊けずにいると、麻里亜の白衣のポケットでスマホが振動を始めた。医療施設で使われていた小電力通信のＰＨＳがサービスを終了した今は、病院もスマホで医師たちとの連絡を取っているのだ。４Ｇが普及してからのモバイル通信は、医療機器にほとんど影響を与えないらしい。

「はい、高森です」

スマホを耳に当てて、呼び出しに応える。その表情はすっかり、総合病院の内科部長の趣だ。

「……はい、わかりました。東棟の２００１病室ね。すぐに向かいます。ええ、横川《よこかわ》師長を呼んでもらえるかしら。彼女から研修医に言ってもらいたいの。今からＤＣＴがいくので、それ以上余計なことをせずに待機していて、と」

スマホを切ると麻里亜はＤＣＴのメンバーと白夜を見渡して、

「昨夜遅くに救急搬送された六十代の急性アル中患者の容体が、１時間ほど前に急変したらしいの。ひどい腹痛と吐き気を訴えたので、当直で受けた研修医が胃腸薬と鎮痛剤を投与して、今は痛みは治まってるんだけど、ナースいわくボーッとしてて反応が鈍いみたいで気になるって……」

「いきましょう、内科部長」

夏樹は先頭に立って歩きだしている。

全員が後に続いたが、それを追い越しながら白夜が、

「急いだほうがいいと思います」

と、さらに歩を速める。

麻里亜は追いかけながら問いかけた。

「なんでそう思うの？」

「六十代以上の急性アル中搬送というのが、そもそも少ない事例で、全体の14％しかいません。まして花見の季節も終わっているのに、どういう状況でそうなったのか気になります。もしかしたら、そもそも急性アル中ではなかったのかもしれません」

「だったらなんなのかな、白夜さん」

「まだはっきりとはわかりません。ただ、腹痛と吐き気、反応が鈍いことも同じ理由だとしたら」

白夜は小走りになって言った。

「研修医の投薬が命取りになりかねません」

東棟は白夜がかつて出入りしていた頃にはなかった病棟で、経営状態が改善したのを受けて、増え続ける患者を受け入れるために建設された。もとは庭園だった土地に建てられた8階建てのビルで、今は主な手術もこの東棟で行われているという。

新病棟建設と最新鋭の医療機器の導入は、病院にとっても賭《か》けだったが、幸いにして今はすべてが順調に稼働していて、足りなかった看護師や医師の受け入れもできるようになったということだった。

8階建ての白亜の病棟をもって白い巨塔というには大げさかもしれないが、高森総合病院は着々と都下有数の総合病院への道を歩み始めている。

そういう病院だから、今は多くの研修医も受け入れていて、もちろん戦力になってもいるのだが、中には少々問題のある者もいて、せっかくの評判に傷をつけかねない誤診もあるようだ。ただ、今のところ小さなミスはあるにせよ、優秀な先輩医師たちのフォローによって、大事に至らずにいるらしい。

東棟2001病室の患者を担当している研修医の岩崎竜介は、受け入れている中では優秀なほうで、高森総合病院と関係の深い港医科大出身の二十八歳、つまりは白夜の先輩だった。

5

一般病室にその患者は寝かされていた。四人部屋の入り口近くのベッドだった。他の三人の患者は意識レベルの低い老人だという話だったが、まだ六十代なはずのその男も、将貴の目からは似たような状態に見えた。目は開いているのだが、何かを見ているようには思えない。担当医は重篤とは思っておらず、容体が落ち着いたら帰すつもりだったらしいが、到底退院できる状態ではなさそうだ。

ベッドサイドの収納付きテーブルには、患者のものと思われる衣服と一緒に、古い携帯電話が置かれていた。スマホではなくフューチャーフォン、いわゆるガラ携だった。

「こんなに先生方が集まって協議するようなことでしょうか」

と研修医の岩崎が、うんざりした様子で眉《まゆ》を寄せた。

自分が責任を負っている患者の件で、名高い診断チーム・DCTが勢ぞろいしたうえに、白夜と将貴という見慣れない人間が二人も一緒なのだ。多少は嫌な気分にもなるかもしれないが、それにしても研修医にしては不躾《ぶしつけ》な物言いである。

「もしかしたら新しく来た実習生の指導ですか。それならわかりますけれど、でも僕は当直明けだしぼちぼち帰宅したいんですが」

なるほど、当直明けで不機嫌らしい。

とはいえ、この態度には、DCTの先輩医師たちも苦笑いしていた。

医師の世界は年齢に関係なくお互いを『先生』と呼び合うので、上下関係がゆるいように傍《はた》からは見えるかもしれないが、現実はむしろ逆で旧態依然とした封建的社会だ。大学病院では教授は神様のような存在だし、その命令は絶対と言っていい。

ただ高森総合病院は、港医科大病院と提携関係にあるとはいえ付属医療機関ではなく、この『徒弟制度』のような空気をあまり感じない。だからなのか、若い研修医にとってはすこぶる居心地がいいようだ。

それが評判になってネットなどで拡散しているため、研修希望者には人気らしい。

とはいえ、岩崎の態度はいささか目に余ると、門外漢の将貴にも思えた。

彼はこの4月1日に来たばかりだがここが2軒目の研修先で、まだ年齢は二十八歳。大学を特待生待遇で卒業し、研修医2年目にして学会の若手奨励賞をいくつも取っている秀才だ。

それもあってなのか、プライドの高さが鼻につくいささか扱いにくい人物だと、麻里亜からは聞いていた。

ただ、そのプライドに見合うだけの勉強も怠らないタイプだそうで、仕事が終わった後も居残って、病院のサーバにある症例や治療経過のアーカイブに目を通しているらしい。頭脳明晰《めいせき》なうえに日々の努力を怠らない、将来有望な若手なのは確かだろう。

だから研修担当医の麻里亜も一定の権限を与えて、特殊な症例の患者以外は、彼に診断から投薬までを任せていたのだった。

今回、容体が急変した患者も、深夜に運び込まれた時は酒の臭いをプンプンさせていて、同席したベテラン看護師の判断でも、急性アルコール中毒だろうという所見だったようだ。

「今回は急性アル中による救急搬送でしたが、バーテンダーという職業からみても、長年の過剰な飲酒習慣が想像できます。実際に血液検査の結果もAST、ALT、ガンマGTPすべて問題がある数値でした」

岩崎は不機嫌そうな早口で、集まったDCTの医師たちの前でまくし立てた。

「ただ、急にどうこうというレベルではなく、今回は内科でしっかりと生活指導をしていただければ、いったん退院だろうと考えていたところでの出来事なんです。突発的な腹部の激痛発作を訴えてナースコールがあったので僕もここに来ましたが、投薬の効果があって今は吐き気が少し残っているだけで……」

「でも、意識が朦朧《もうろう》としていると看護師からは聞いたわ」

と、麻里亜が口を挟むと、岩崎は苦笑いして首を傾げた。

「深夜1時過ぎに急性アル中で搬送ですよ。まだ残ってますよ、アルコールが。意識がはっきりしないのはそのせいだと僕は思います。吐き気も同じでしょう」

「腹痛は？　ナースが来た時には、うめいて転げ回っていたそうじゃない」

「もう見ての通り治まっています。一週間前にここの消化器内科に来てて、逆流性食道炎の診断を受けてますし、あるいは慢性的なアルコール過剰摂取による胃腸の炎症か潰《かい》瘍《よう》などが考えられますが、鎮痛剤の投与で落ち着いています。だから僕はもう帰らせてもらって、腹痛に関してはのちほどまた消化器で再検査をしていただければと――」

「急性膵炎《すいえん》の可能性は？　見逃したら大ごとだぞ」

夏樹が、面倒臭そうに腕組みしながら言った。彼はこの若い生意気な秀才が気に食わないのか、病室に来てから目を合わせようとしない。

「膵炎でみられる心窩部《しんかぶ》、つまりみぞおちの痛みではなく右季肋部《みぎきろくぶ》の痛みでした。そして痛みだしたのはついさっき、急性アル中になったのは深夜です。急性膵炎ならもっと早く腹痛が出ると思うのですが」

夏樹は目をそらしたままで黙った。おそらく岩崎の判断に間違いはないと思ったのだろう。

夏樹は皮膚科が専門だが、ここに来る以前には内科や外科など、幾つもの専門をこなしてきている。ＤＣＴでは最も多くのジャンルを経験してきた、総合診療医に近いキャリアの持ち主だ。

彼も納得したなら、おそらく大丈夫なのだろう――という面持ちで、ＤＣＴの四人が目配《めくば》せし合った時だった。

「それ、誤診です」

いつのまにか患者のベッド脇にいた白夜が、おもむろに立ち上がりながら静かに言った。

6

「誤診だと？」

当然だが岩崎は気色ばむ。

「何を根拠にそんなこと言ってるのかな。ていうか君は実習生だろ、今日来たばかりの」

「ええ、実習生の雪村白夜さんよ。岩崎先生と同じ港医大の5年生。仲良くしてあげてね」

麻里亜が間を取り持つように割り込むと、岩崎は苦笑いを浮かべて、

「僕の後輩じゃないか。礼儀知らずだね、君は。そんなんだと、医局じゃ苦労するぞ」

それほど礼儀を知っているとは思えない彼の言いぐさに、今度は麻里亜が苦笑した。

「彼女は特別なのよ。言い分を聞いてみたいわ、あたしも」

「高森先生、医師免許もない実習生の言い分を聞いて何か意味があるんでしょうか。僕もまだ研修医ですが、血液検査の結果くらいは読めるつもりです。深夜1時すぎに救急搬送されてすぐに採血した結果——」

と、岩崎は院内LAN経由でカルテが出せるiPadを見ながら、

「総ビリルビン3・2、AST、ALTともにかなり高く100を超えていました。なによりアルコール性肝障害で上昇するガンマ値が、400を超えてるんです。バーテン

ダーが急性アル中で搬送されてこの数値って、もう典型的じゃないですか。それに、逆流性食道炎の既往もあるとなれば、腹痛についても右側となると胃酸過多による十二指腸潰瘍でしょうか。緊急を要するとは思えません。なので患者が持っていた胃薬を服用してもらって、痛み止めのアセリオを通常通りに点滴したところ、見ての通り症状は落ち着いてます」

たしかにその初老の患者は、薬が効いたのかもう痛みを訴えてはいないようだ。しかし、ボーッとしていて目の焦点があまり合っていないのが気になる。酔いが残っているといわれれば、そうも見えるが……。

「このまま昼過ぎくらいまでナースに経過観察してもらって、アルコールが抜けてきても頭痛があったらアセリオをあと1000点滴してみてはどうでしょう。そのうえで、念のため内科でCT撮って、必要なら内視鏡、あとは後日に超音波で胆石、肝がんや肝硬変の検査を受けるのを前提に、今日はいったん退院でいいんじゃないでしょうか」

将貴にも、彼の話は筋が通っていると思えた。6年にもなる白夜との付き合いを通じて、彼もそれなりの医学知識が身についているのである。

しかし、白夜がきっぱり誤診だと決めつけてここに来たのだ。きっと何かあるに違いない。

「どうかな、実習生くん。勉強になったならもうそろそろ僕は……」

「気にならなかったんですか、岩崎先生」

と、白夜は岩崎に近づいた。

「AST値とALT値の比率がほぼ一緒で、若干ですがALTのほうが高かったこと。普通はアルコール性肝障害の場合、ASTのほうが高くでます。標準値よりどちらも高いうえに、ASTがALTの倍くらいの数字になっていれば、アルコール性肝障害なのではという診断仮説が成り立ちますが、この患者は逆でした」

「そんなのケースバイケースだろ。逆になる場合だってあるはずだ」

「このこと一つだけとればそうでしょう。でも、急性アルコール中毒に似た症状で救急搬送されたあと、数時間たってから突発した激しい腹痛と吐き気、意識レベルの低下も加えて考えると、慢性的なアルコール性肝障害だけでない、もっと急を要する症例が浮かび上がってきます」

「急を要する症例……？」

「はい。それともうひとつ。おそらく岩崎先生は、血液などの検査結果ばかり見て患者をあまり診察しなかったんじゃありませんか」

岩崎は答えずに目をそらした。おそらく図星だったのだろう。

「だから気がつかなかった。皮膚の一部に生じている紫斑《しはん》。わかりますか、これです」

白夜はベッドに寝たままで、相変わらず反応の鈍い患者の腕を両手で軽く持ち上げて、肘《ひじ》の表側を岩崎に向けて見せる。

「小さな内出血がたくさん見られるんです」

「もしかしてＤＩＣなの？」

麻里亜が訊《き》いた。

「はい、おそらくそうでしょう。播種《はしゅ》性血管内凝固症候群。感染やがんなどが原因で凝固活性化が生じ、血栓が出来たり出血傾向になったりする症状です。でもこれは別の原因だと私は考えました」

「なんだっていうんだ、いったい」

ようやく過ちに気づいたのか、動揺の色を浮かべて岩崎が問いかけると、白夜は患者の腕をそっと置いて立ち上がりながら答えた。

「薬剤性肝障害……アセトアミノフェン中毒だと思います」

7

「間違いないの、白夜さん」

麻里亜の顔から血の気が引いた。

「はい。そう考えれば患者の意識レベルの低下も、肝性昏睡《こんすい》の初期症状ということで説明がつきます。急性アル中に見えた症状も、酒の前に飲んだ大量のアセトアミノフェンの血中濃度が上がったせいで、肝臓が負担に耐えられずアルコールの分解能が極端に低下したせいでしょう。大量の飲酒でなくても、嘔吐《おうと》や悪心を起こすことがありますし、分解されないアルコールが血中に滞り、ずっと酔ったような状態になります。数時間後に腹痛を起こしたのは、中毒が第2相に至ったからです。右上腹部の痛みはまさに典型的なその症状ですし」

「それが本当だったら大変よ。ここにきて投与されたのもアセトアミノフェン。それも点滴でかなりの量を入れてる。そうでしょ、岩崎先生」

「は、はい……アセリオを1000ミリグラム投与しました……申し訳ありません……」

岩崎も蒼白《そうはく》になっている。

当然だろう。白夜の指摘が正しければ、患者の命に関わる誤診をやらかしたことになる。

優等生研修医のやや過剰なプライドは、医師免許もない実習生の白夜にばっさりと切り落とされてしまったようだ。

「あなたが指示を出そうとしていたように、昼過ぎにアセリオをまた1000とか入れたらどうなってたかわからない。手遅れになって肝不全を起こせば、肝移植以外に助ける方法がなくなるわ」

「はい、そう思います……ほんとに……」

岩崎は言葉を詰まらせた。

厳しい追い込み方ではあったが、白夜の言うように彼が触診などの常識的な診察を怠ったのだとしたら、これくらいの言い方をしてもいいだろう。

たしかに、ベッド脇の籠《かご》に畳まれた彼の服は患者の吐瀉《としゃ》物に汚れていたし、救急搬送されてすぐだと、若い岩崎は目を背けたのかもしれない。

それゆえに致命的な誤診を犯したのだとすれば、責任は重大だ。

「すぐに解毒薬のアセチルシステインを投与してください。同時に血液を採ってアセトアミノフェンの血中濃度を測りましょう。それと集中治療室で血液吸着療法の準備を」

白夜が指示を出すと、採血をする看護師と動揺が激しく患者のそばを離れられない岩崎を除く他の面々は病室を出て、それぞれが対応に動いた。

集中治療室への搬送準備を整えるためにナースステーションに向かいながら、麻里亜は同行している白夜に訊いた。

「患者の状態とDICの兆候だけじゃないわよね、判断材料。他にも何かあったんじゃない？」

「ええ、実は」

と、白夜は首を傾げた。どこか納得いかないことがある時にみせる癖だ。

「患者の電子カルテにあった通院歴ですけど、一週間前に逆流性食道炎でここに来院してました。その時に出された薬が、ランソプラゾールだったんです。この薬はアセトアミノフェンの血中濃度を上昇させるという報告があります」

「それは知らなかったわ。さすがね」

「でも気になるんです」

「なにが？」

「アルコールの過剰摂取で肝機能がひどく弱っている患者が、一週間前に逆流性食道炎で高森総合病院の診察を受けてランソプラゾールを処方され、その薬を飲んでいる最中に、おそらく処方を受けていないアセトアミノフェンで中毒を起こして救急搬送された。それも経験の浅い研修医が当直の日の深夜に」

学生であるはずの白夜が、仮にも医師免許をもつ大学の先輩の岩崎を『経験の浅い研修医』呼ばわりすることも、麻里亜はなんの違和感もなく受け止めている。

どうやら、5年前のあの時の関係に、麻里亜も戻りつつあるようだ。

将貴も不謹慎ながらわくわくしてくる。

「そして腹痛を起こしたために、またアセトアミノフェンを大量に投与されることになった。気になりませんか」

「そんなに気になることかしら。たまたまでしょう」

「少なくともあの患者がこの病院に運ばれたのは必然です。救急搬送では、かかりつけの病院がある場合はそこに運ぶことになっていますから」

「何が言いたいの、白夜さん」

「いくつもの『偶然』がたまたま重なり合うことで命の危険にさらされることになったというには、よく出来すぎたストーリーだと思いませんか。まるで誰かが考えぬいたかのような」

と、いつになく抑制された低い声で言った白夜の表情を、将貴は思わず覗《のぞ》き込んだ。見たことのない厳しい顔つきだった。

彼女には天才的な知性と豊富な医学知識だけでない、何か第六感のようなものがあると、将貴は思っている。

壮絶な誕生と成長の過程を経験している彼女ならではの特別な感性が、警告音のようなものを鳴らしているのだとしたら。

将貴の中でも、なにか不穏なシグナルがちかちかと点滅を始めた気がした。

白夜はまた静かに言った。

「いずれにしても、偶然で片づけられない事実が一つあります。患者が、肝不全を起こすような大量のアセトアミノフェン製剤を飲んだという事実です。これは、たまたまでは済まない、とても危険な出来事です」

「たしかにそうだな」

将貴が口をはさむ。今は出版部門に籍があるとはいえ、元新聞記者の血が騒ぐ。

「俺もジャーナリストとして、ちょっとこの件は嫌な感じを覚える。あの患者——野上一夫だっけ？　彼の容体が落ち着いたら、その理由を聞くだろう？　麻里亜、よかったら俺も同席させてくれないか」

「ええ、そうね。患者本人に了解がとれたらぜひお願いしたいわ」

「それと、麻里亜先生、もう一つ気になることがあって……」

と、白夜が病院のサーバに繋《つな》がっているｉＰａｄに、視線を落としながら尋ねる。

「なぁに？」

「先ほど岩崎先生が言っていたように突発的な腹痛発作を十二指腸潰瘍《かいよう》と診断したなら、通常は鎮痛効果の強いＮＳＡＩＤｓ《エヌセイズ》、つまり非ステロイド性抗炎症薬を処方します。静注ならたとえばロピオンとかが第一選択かと」

　黙って聞いている麻里亜の表情が曇る。その様子が少し気になった。

「なのに彼は、アセトアミノフェンの点滴投与を行った。安全性が高いので確かにメリットもあるのですが、抗炎症作用があまりないので、十二指腸潰瘍に対して基本に忠実な研修医がやる投薬にしては、やや不自然です。ちょっと気になって、今調べてみたら――」

　白夜はｉＰａｄの画面を麻里亜と将貴の方に向けて、

「病院のサーバにある投与薬剤データによると、今年に入ってからずっと、高森総合病院では腹痛も含めた痛み止めの処方に、ほとんどアセトアミノフェン系薬剤を投与してるんです。そして逆流性食道炎にはランソプラゾールだけ。他にも薬はたくさんあるのに、どうしてでしょうか」

「薬剤投与の基本ガイドラインを新しい院長先生が作ったからよ。研修医もそれに従うから、使える薬はおのずと決まってくるわ」

「新しい院長……」

と、麻里亜の言葉から拾っておうむ返ししながら、白夜はまた首を少し傾げてみせる。

「里中賢蔵《さとなかけんぞう》先生ですよね。港医大病院の元副院長でALSの権威として知られる」

「ええ。出身大学の医局に戻った真壁《まかべ》先生の代わりに、里中先生が院長に就任されたのが去年の11月なんだけど、それから少ししてあの人が、内科を中心に病院全体の投薬方針を見直そうと言い出したの」

麻里亜の話では、里中新院長は着任してまもなく、内科での投薬を統一するガイドラインを提案してきたという。

その理由は、一つには医師の個人裁量に任された複雑な投薬が、多剤投与による医療事故を起こすリスクを下げるため。もう一つは院内の薬局が同一薬剤を大量に仕入れることで単価を引き下げて、病院経営をより健全化することだった。

どちらも客観的に見れば理に適《かな》っていると将貴も思う。しかし麻里亜からすれば、診断された病名からなんの薬を処方するかをトップダウンで決められてしまうのは、現場の医師たちの治療に向き合う気持ちをスポイルされるようで、やりきれないというのだ。

将貴は、白夜を出迎えた時に、麻里亜の発言をきっかけにDCTの医師たちの間に流れた冷ややかな空気の意味が、ようやくわかった気がした。

以前、医療専門ファンドによる支配に苦しんだ時ほどではないにせよ、新参の院長が持ち込んだ息苦しさを、病院を支えてきたという自負のあるDCTの医師たちが、不満に思っているのは間違いなさそうだった。

8

麻里亜がナースステーションで指示を出していると、すらりと背の高い男性医師が近づいてきた。

「やあ、麻里亜先生」

右手を上げてゆるりと振りながら、親しげにファーストネームで呼びかけてくる。笑うと刻まれる目尻《めじり》の皺《しわ》からすると、年の頃は四十代半ばくらいか。麻里亜や将貴よりは上だろうけれど、髪は白髪も交じっておらず、白衣の下にはきちんとネクタイを締めた薄いブルーのシャツを着込んでいる。

本当なら白髪も出てきそうな年齢だろうから、おそらくまめに染めているのだろう。忙しい勤務医の男性としては、珍しい身繕いである。

「なにやら早朝からバタバタしてるじゃないですか。ＤＣＴが出張るような案件でも発生しましたか」

「そうなんです、水樹《みずき》先生」

麻里亜が微笑んだ。ふだん将貴の前では見せない女性的な笑みだった。

大学生の頃までは将貴も、麻里亜を女性として意識することがあった。長い間、一番近くにいる女性だったことは確かだし、交際に発展してもおかしくなかっただろう。

しかし、結局付き合うことはなかった。

男と女というのは、そういうものなのかもしれない。

現在、わけあって逃亡生活を続けている麻里亜の兄の高森勇気に、麻里亜は将貴のことがずっと好きだったのだと言われたことがある。将貴のほうは彼女に恋愛感情はなく、幼なじみとしての家族のような信頼関係でつながっていると思っていた。

だから、もし麻里亜に真面目な気持ちで近づいてくる男性がいて、彼女もそれに応《こた》えたいと思うなら祝福してあげたい。

心からそう思っていたのだが、非常事態だというのに足を止めて、二人で小声で話し始めた麻里亜と男性医師の背中を見ていると、なんとなく疎外感を覚えた。

どういう男なのだろう。

ふと気になって声をかけた。

「麻里亜、そちらの先生は？」

振り返りざまに水樹医師は、笑顔で歩み寄って、

「狩岡将貴さんですか。お噂はかねがね伺ってます。一度お会いしたかった」

と、右手を差し出す。

「今年の1月よりこちらで副院長を務めさせていただいている、水樹冬星《とうせい》と申します」

胸の名札に手を当ててみせる仕種《しぐさ》がスマートだ。

「狩岡です」

将貴は握手を受け取って言った。

「よくすぐにお分かりになりましたね」

「ええ、麻里亜先生を名前で呼び捨てにする人って、幼なじみだと伺ってる狩岡さんくらいかなと。当たっていてよかったです」

と応えつつも、水樹の関心はもう将貴にはなかったようで、視線は少し後ろに佇《たたず》んでいる白夜に向かっていた。

握手していた掌《てのひら》をするっと品よく抜き取り、そのまま白夜に近づいていって差し出した。

「雪村白夜さんですよね。あなたのことも、いろいろと伺っていました。驚くほどの才能の持ち主だと……」

白夜は水樹の握手を受けずに、

「病院実習にきた雪村です。しばらくお世話になります、水樹副院長先生」

と、無理に笑顔を作ろうともしなかった。

相変わらず、相手が誰だろうと知らない人間に対しては心を開かないし、そういう自分を表現することに遠慮がない。

水樹はその様子に一瞬不思議そうな顔を見せたが、あくまでも笑みを絶やさずに、

「なるほど、噂通りのクールな方だ。今朝、バタバタと騒がしくDCTが動き回っている件にも、関わっておられるのかな。だとしたら、少し話を伺ってよろしいですか」

「その話なら、私がします」

麻里亜が言った。

「深夜1時に急性アル中で救急搬送された患者さんが、どうやらアル中ではなくアセトアミノフェン中毒だったみたいなんです。白夜さんがそういう診断仮説を立ててくれて、今からICUに上げて対応する所なの」

「おっとそれは深刻だ。ステージはどのくらいなんでしょう。肝不全に至っていたら、肝臓移植以外に助からない……」

「いえ、そこまでは。ただ、研修医が気づかずにアセリオの点滴を1000ミリもしていて、しかも亢進剤《こうしん》として働く可能性があるらしいランソプラゾールも服用していたから、白夜さんが気づかずに放置していたら肝不全を起こしていたかも」

「そうですか。復帰早々にお手柄ですね、白夜さん」

初対面なのにさらりとファーストネームで呼ぶ水樹の如才なさは、なるほどこの若さで副院長に抜擢《ばってき》されるだけのことはある。確かにスマートで空気を読むのが巧《うま》い。でも、それだけで麻里亜が惹《ひ》かれてしまうとも思えない。

彼女はこと医師に対しては、亡き父や母のように努力と才能に裏付けされた本当の意味での『実力』を要求する。

若いながらも病院の理事長でもある麻里亜が、おそらく四十代半ばと思われる水樹の副院長就任を認めているということは、彼に相応の実力があるということだろう。

「しかし妙だな」

水樹が、白夜に向かって差し出していた手をこめかみにもっていく。握手を無視されたことを気にしていない所作もまた、気が利いている。

「たとえ患者がアルコール性肝機能障害を抱えていたとしても、たかが1000ミリグラムの点滴投与で肝不全を起こすほど、アセトアミノフェンは危険な薬ではないはずだ。ランソプラゾールがアセトアミノフェンの血中濃度を上げてしまったとしてもです。患者に自殺願望は？」

「わかりません。まだちゃんと患者と対話できていないので」

相変わらず黙っている白夜に代わって、麻里亜が答えた。

「まあしかし、仮に自殺や自傷行為としてアセトアミノフェンを大量服用したのだとしたら、患者が簡単に本当のことを言ってくれるとは思えません」

「そうですね、麻里亜先生。焦らずに、体調が落ち着いてから少しずつ聞き出していったほうがいい。そうでないと自殺願望がある患者の場合は、病院内で事件を起こしかねない」

「そうでしょうか、水樹先生。私はなるべく早く話を聞くべきだと思います」

白夜が言った。

「あの患者が自殺するためにアセトアミノフェンを大量服用したとは、私には思えません。もっと他の理由があるとしたら、その事情に近づくのは早いほうがいいのではないでしょうか」

「ほう。なぜ自殺だと思えないのか、理由を教えてほしいな」

「あの患者——野上一夫さんは、スマホではなく普通の携帯を使っていました。インターネットで何かを調べるには向いていない、古いタイプの携帯電話です。そんな人が、パソコンを使いこなすとも思えない。バーテンダーという職業からしても」

「どういう意味だね、それは。自殺となにか関係があるのかな」

「アセトアミノフェンは一般的な風邪薬にも含まれている成分です。鎮痛解熱剤としてはもっとも安全な部類に入る薬に、実は肝不全を起こして死に至る副作用があるなんてことは、かなりネットで調べたりしなければ簡単にはわかりません。誰かが教えたか、あるいは騙《だま》されて飲まされたか。そのどちらかではないでしょうか」

「自殺教唆か、殺人未遂……ってことか」

思わず将貴が口を挟む。

「はい」

白夜がぼそりと呟《つぶや》くと、その場にいた全員の表情が俄《にわ》かに曇った。

殺人。

人の死が珍しい出来事ではない総合病院の勤務医たちでも、この単語を耳にする機会は、そうはないはずだ。

その場の全員に動揺の色が走った。

「白夜、しかしあの患者――野上さんを殺そうとした人物が仮に本当にいるとして、目的はなんなんだ」

新聞記者あがりで今も出版部門で編集者として働いている将貴は、殺人事件の報道やルポを担当したことが少なからずある。

付き合いのある捜査一課の刑事から聞く殺人事件は、まず動機ありきだった。

衝動的な通り魔的犯行でも、犯人には人を殺す動機が必ずある。ましてや、アセトアミノフェン中毒などという持って回った方法で人を殺そうとする人間が、さしたる動機もなしに面白半分で殺人を実行するはずがないのだ。

そういう計画殺人には、強い憎悪や金銭が絡んでいるケースが殆《ほとん》どだった。

しかし、さきほど病室で見た初老の男は、誰かに殺されそうになるほど恨まれる人物には到底見えなかったし、ましてや殺してまで奪いたいほど資産があるようにも思えなかった。

「わかりません。それも本人に訊《き》いてみないと」

白夜は小さく横に首を振ってみせた。

「とはいえ意識もまだはっきりしてないし、ＩＣＵで訊くわけにもいかないものね。少し落ち着いてからになるわね」

指示を終えた麻里亜は、そう言ってストレッチャーを押す看護師たちを伴い、件《くだん》の患者の待つ病室へと向かった。

野上一夫はICUでアセトアミノフェン中毒の解毒剤を点滴されると、1時間後には容体に落ち着きが見え始めた。

その時にはすでに、血液検査からも白夜の診断仮説が正しかったことが証明されていたので、患者をしっかりと診察せずにアセトアミノフェンの大量点滴を行った研修医の岩崎は、白夜に対して涙を滲《にじ》ませて感謝の言葉をくり返した。

当の白夜はといえば意に介さず、ただ、

「よかったです」

とだけ告げて、さっさとDCTの診断協議室に戻ってしまった。

9

DCTの診断協議室には、白夜のためのデスクが用意されていた。

そしてそれは麻里亜の配慮で、5年前に彼女がこの病院で活躍していた時のままの配置だった。

専用のノートパソコンも置かれていて、病院のサーバへのアクセスコードも作られていた。

白夜はデスクにつくなりパソコンを開いて、各科で用いられている医薬品のリストをチェックし始める。

「白夜、病院で出してる薬の何がそんなに気になるんだ？」

将貴が尋ねると、彼女はパソコンのモニターを注視したままで言った。

「わからないんです」

「わからない？」

「はい。何が気になってるのかわからない。でもそれが、なんだか気になるんです」

不思議な言い回しだったが、将貴が感じている白夜のこの『第六感』こそが、彼女の恐ろしいほど的中する診断仮説を導き出す、触媒のような役目を果たしているのではないか。

「だったら納得するまで調べてみるといい。止めろと言ってもやるだろうけどな」

と、白夜を置いて部屋を出ようとすると、にわかに立ち上がって腕を摑《つか》んできた。

「どこに行くんですか、将貴さん」

「どこって、家に帰るんだよ。白夜の調べ物の邪魔にならないように」

「邪魔だなんて、誰が言ったんですか」

「えっ」

「将貴さんは、ここにいてください。そうでないと、わからなくなった時にアドバイスしてくれる人がいなくなるじゃないですか」

腕を握る手を握り返したい気持ちを、慌てて堪《こら》えた。

こんな風に白夜に必要とされるのは、何年ぶりかだった。

そう。

思い返せば白夜がDCTの一員として、この高森総合病院で数々の奇跡を起こしていたあの2年間にも、こういうストレートな物言いで、彼女は何度か将貴に頼ってきたのだ。

「そうか。ならここにいよう」

と言って隣の席に座ると、白夜は安心したようにまたパソコンに向かった。

それっきり何も言葉を発しないまま、作業に集中している彼女の横顔を見ていると、やはり自分はいなくてもよかったのではないかと内心思えてくる。

ただ、こうやって頼りにされているのは嬉《うれ》しいし、別の期待感も抱かせてくれる。

白夜とは今も、井の頭の家で妹と三人で暮らしている。だが彼女が医大に進学してからは、一緒にいる時間は大きく減った。

彼女は大学の講義と勉強があるし、将貴も以前より仕事が忙しくなった。なにより、高森総合病院という共通の居場所がなくなってしまった。

5年前、将貴は勤めている新聞社の出版部で、病院経営を建て直していく診断チームDCTの活躍を、ノンフィクションとして書籍化し高い評価を得た。もちろん作品には白夜は登場せず、彼女の奇跡的な活躍は、チーム全体の協議の成果として描いたのだが、本当は医師でもない少女の活躍だったことを、編集部の直属の上司の三田村《みたむら》には、すべて伝えてあった。

そのことがあるから、三田村に白夜が久しぶりに古巣ともいえるこの病院に実習生として戻ってくるという話をしたところ、取材してもう一冊、ベストセラーをものにしろと言われたのである。

堂々と高森総合病院に入り浸れるお墨付きをもらったのは有り難かったが、ベストセラーになるようなノンフィクションを作れと言われたのは、いささか気が重かった。5年前とは病院の体制も違うし、あの時のようなドラマティックな出来事はそうそう起こるものでもないと思えたからだ。

しかし、もし今、白夜が調べている野上一夫の一件が彼女が訴えたような殺人未遂事件だとするなら。

これはもしかすると、また思わぬスクープを拾えるかもしれない。

真剣なまなざしでパソコンのモニターに向かう白夜の横顔を見ていると、将貴はそんな期待感にも、図らずも心を揺さぶられるのだった。

10

高森総合病院の院長室は、先々代の高森巖が主《あるじ》だった時代は狭く質素な作りだった。しかし、先代の真壁院長の時に新病棟が出来るとその新しい建物に院長室も移され、広く立派になった。

モダンな応接セットが中央に鎮座し、奥に置かれた執務机も木製の大きなもので、まるで大企業の社長室のような設《しつら》えだ。

エアコンも新品で良く効くし、壁には現代美術の絵画まで飾られている。

総合病院として発展していこうとしているのだから、院長室もそれに見合うものにしたいという前院長の考えは理解できたが、麻里亜はいまひとつ、この広すぎる部屋が好きになれなかった。

その理由の一つが、向かい側の病棟が見えるだけの無駄に大きい窓だ。

以前の院長室の窓からは、病院のシンボルツリーだった欅《けやき》の大木の緑が眺められたが、そういう情緒的な景色はこの部屋からは見られない。

新病棟建築の際に土地を有効活用するため切り倒そうという意見も、真壁院長はじめ一部理事から出たのだが、それだけは理事長権限で麻里亜が突っぱねた。

窓の外に聳《そび》えるあの欅を背負って院長室の椅子に座っている父、厳の姿を6年経った今でも、麻里亜は医師の理想像としてどこかで追い求めているのかもしれない。

里中院長から午後4時に院長室でミーティングをしたいと言われていたのだが、少し遅れているから先に入ってソファに座って待っていてほしいと直前にメールが届いた。

それなら自分のデスクで待ちたかったが、そうメールで返すのも気が引けたので、いちおう待ち合わせ時間に院長室を訪ねたのである。

里中は20分遅れて現れた。スーツでもなければもちろん白衣も着ておらず、ラフなポロシャツに明るい色のジャケットといった出《い》で立ちだった。

早朝からゴルフにでも出掛けていたのだろう。医師会のコンペだろうか、彼はそういうVIPが集まる社交の場には実にまめに顔を出す。

若かりし頃は難病のALSの研究者として名声を築きあげ、将来は港医科大病院の院長になると目されていたそうだが、結局は副院長止まりだった。

理由はいろいろと噂されているが、投資好きが災いしプライベートで大きな損失をだし、病院からの融資を受けるはめになったのが原因という声もある。

大学の同期で若い頃は同僚でもあった父、厳いわく、優秀だがいささか権威主義で敵も多かったというから、それも院長にたどり着けなかった理由だったのかもしれない。

「申し訳なかったですね、お待たせしてしまって」

里中は冷蔵庫からペリエを二本出してきて、一本を立ち上がった麻里亜に渡して自分は先にソファに座った。

シュッと音を立ててペリエの蓋《ふた》を捻《ひね》ると、よほど喉《のど》が渇いていたのかまずは自分から一口飲む。やはり早朝ゴルフに違いない。

「いいえ、もう今日の仕事はだいたい終わっていましたので、大丈夫です」

「そうですか。まあ、あなたもよかったら飲んでください」

と、里中は掌《てのひら》を突き出して、ペリエを飲むように麻里亜に促した。

「実は麻里亜先生に来てもらったのは、昨日起きた誤診の件なんですよ」

　アセトアミノフェン中毒のことだ。もちろん、院長には報告が上がっている。

「昨日実習生としてきた雪村白夜さん、ご存じですよね」

「ええ、もちろん。天才的な診断能力でDCTのメンバーとして活躍してくれた女性でしょう」

「はい。危ないところでしたが、彼女がいてくれたおかげでことなきを得ました。今後は内科としては、当直は研修医単独の患者対応はやめようという話になっています」

「そうですね。当日の上級医も、彼は優秀と聞いていたので、つい任せてしまったんだろうが、本来はあり得ないはずだからね。当面はそれがいいだろう。ただ、ちょっと気になることがありまして」

「なんでしょう、里中先生」

「病院に出入りしているジャーナリストのことですよ。なんといいましたっけ、あなたのご友人の……」

「狩岡将貴ですか」

「そう、その方。アセトアミノフェン中毒を起こした患者さんに興味を持っておられるとか。なんでも経緯の聞き取りに参加を希望していると伺いましたが」

　と、また一口ペリエを飲む。貧乏ゆすりで膝《ひざ》が揺れている。認知心理学にも詳しい白夜がいたら、彼のボディランゲージから何を読み取るのだろう。

　不安？　苛立《いらだ》ち？　それとも……。

「麻里亜先生は、本当にその方を同席させるおつもりかな。いやすでに、研修医が誤診をはたらいた現場にもいたそうじゃないですか。あわや肝不全で患者を殺してしまうところだったというのに、そんなスキャンダルが記事にでもされたら、当院はまた昔のように閑古鳥がなくことに……」

「そんな心配はありません」

麻里亜は里中の言葉を遮るようにして言った。

「将貴は私の幼なじみです。父とも親子のような関係でした。そんな彼が私やこの病院に迷惑がかかるような報道をするはずがありません。そういう人じゃないんです」

「しかし、それならなぜ患者からの聞き取りに参加するのですか。記事にしたいと考えたからではないのかな。そもそも患者のプライバシー保護の観点からも、同席は遠慮して頂きたいですね」

「患者さんには、ちゃんと了解をとるつもりです。その上での同席ならかまわないと思いますが」

「しかしですね……」

「これはもしかしたら、殺人未遂事件かもしれないんです」

「えっ。どういう意味ですか」

「患者が大量のアセトアミノフェンを服用していたらしいことに、白夜さんが事件性を感じているんです。正直、私もそれは同感です。あの患者さんに、アセトアミノフェンを悪意をもって飲ませた誰かがいるとするなら、放置できません。そうなれば、元新聞記者で警察にも顔がきく将貴の力が必要になるかもしれないんです」

「……そういうことですか」

里中はため息をついて、緑色のガラスボトルの中に残っていた炭酸水を飲み干した。

「やむを得ませんね。ただしくれぐれも問題が起きないように気をつけていただきたい。よろしいですか、理事長」

本音の見えない曖昧《あいまい》な笑みを浮かべて、麻里亜の目を覗《のぞ》き込む。

「もちろんです、院長先生」

麻里亜は、そう答えて微笑みを返し、ペリエの瓶を手にして堅いスクリューキャップを力任せに捻った。

11

狩岡将貴の家は、吉祥寺駅から井の頭公園を通り抜けた先の閑静な住宅街にあった。鬱蒼《うっそう》とした公園の森林のおかげで東京としては夏も涼しく、古い日本家屋で大きな掃き出しの窓がある将貴たちの家では、昔は冷房なしで夏を過ごせた。温暖化の進む昨今は、さすがにそうはいかないが、4月半ばを過ぎてもまだ寒いと感じる日が少なくない。

高級住宅街と言われるこの辺りとしては大きな庭がある家だが、そのほとんどは晴汝の作る有機野菜の畑と白夜が植えた薬草類で埋めつくされていて、さながら農家の庭先のような有り様だ。

おまけに建物はといえば築60年の木造で、すきま風も入るあばら家だった。

しかし白夜はこの家がすこぶる気に入っているようで、将貴と妹の晴汝が深く考えず建築雑誌を一緒に眺めていたら、自分がいる間は建て替えたりしないでほしいと懇願されてしまった。

もっとも、建て替えようにもそんな金があるわけもないのだが。

この土曜日は亡き父の旧友が訪ねてくることになっていて、将貴はローテーションで出勤のない晴汝と二人で朝から整理整頓《せいとん》に大忙しだった。

未《いま》だに片づけという概念のない白夜は、何か使うとそのままにしてしまう。本を読めば、読んだまま。食事をしたら食器はテーブルにそのまま。しつけのなってない小学生のようだ。

何度言ってもそれは直らず、将貴も晴汝も今は諦《あきら》めている。なので家の中は兄妹《きょうだい》二人だった頃とは大違いの雑然ぶりだ。

それなりに客人を招けるまでに片づくのに、朝食後すぐ始めて昼過ぎまでかかってしまった。

槙村宗一郎《まきむらそういちろう》が将貴の家を訪ねてきたのは、白夜が病院から戻った昼下がりだった。曖昧に2時から3時ごろに行くと告げてきていて、そのちょうど真ん中の2時半に彼は、将貴たちの子供の頃からのイメージそのままの、着古したジーンズと白いコットンシャツといった出で立ちで現れた。

将貴と晴汝が庭先に出迎えると、槙村は日に焼けた相貌《そうぼう》を皺《しわ》だらけにして笑い、

「久しぶりだな、将貴君とは。晴汝ちゃんは院内でたまに会うがね」

と、今にも抱きつきそうな勢いで二人に歩み寄る。

ふと将貴の脇に寄り添う白夜に気づいて歩みを止めた。

「おお、君はたしか白夜さんだね。入学した後に一度お会いしたんだが、憶《おぼ》えてくれているかな」

勢いのある人間が苦手な白夜は目を合わせずに、小さく頭を下げるだけである。

「槙村先生、変わってませんね。お元気そうでなによりです」

将貴が言うと、彼は好きなコーヒーとワインのせいなのか少し黒ずんだ歯を見せてまた笑った。

「人間、立場が変わったくらいでそう印象が変わるもんでもないさ。むしろ若返ったんじゃないかな、現場に戻って」

確かに見た目はむしろ若くなったように見える。白髪まじりだが豊かな髪は以前より少し長めにカットされていて、肌の色つやも良く、いつトレーニングしているのだろう

と思うくらいに引き締まった180センチ近い体軀《たいく》といい、六十五歳にはとても見えない。

教授職からは身を引いたと聞いていたが、現場に戻るためだったということか。

「ということは、今は診療をされてるんですね」

確かめるようにきくと、槙村は嬉《うれ》しそうに笑って、

「やってるとも。新設された一番儲《もう》からない科の部長をやらされてね、人数も少ないから毎日俺も現場だ。充実してるよ、齢《よわい》六十五にして人生が」

「新設された科、ですか」

玄関でなく開けっ放しの縁側に向かって四人で歩きながら、将貴がきいた。

「総合診療科と言ってね。患者の診断をすることに特化した科なんだ。俺がカリフォルニアにいた頃にやっていた家庭医のようなことを、大学病院でやってるというわけだ」

診断に特化した科と聞いて、がぜん興味が湧いた。ＤＣＴとかつての白夜も、まさにそれが仕事だった。

「面白そうだ。お話を伺いたいですね、今度ちゃんと」

「お、そういう言い方、お父さんに似てきたな」

「ええ〜、そうですか？」

四十手前の男が父親に似てきたと言われても、苦笑いしか出てこない。

そんな当惑顔の将貴を見て、槙村は言った。

「修《おさむ》は日本一の医療ジャーナリストだったんだ。そういう男に似てきたというのは、褒め言葉だぞ」

父の狩岡修は、港医科大学を卒業しながら医者にはならず、当時の厚生省の医系技官として数年働いた後に医療ジャーナリストの道に進んだ変わり種だ。槙村とは大学の同級生で、麻里亜の父親の高森巌もそうだった。

三人は切磋琢磨《せっさたくま》してきた仲だったのだ。

槙村は10年近いアメリカ滞在からの帰国後は、母校付属病院の医師として長く勤め、巌は祖父の創った病院に戻って理事長兼院長として働いたが、6年前に癌でこの世を去ってしまった。

将貴の父である修もまた、四十代の若さで事故死している。

将貴と晴汝にとっては、父を亡くした後に学費も含めて面倒をみてくれた巌はもちろん、槙村もまた親戚《しんせき》同様に関わってくれた恩人なのである。

白夜が同時に合格していた国立大学医学部でなく港医科大学を選んだのも、ただ単に学費免除の特待生待遇が理由ではなく、いざという時に頼りになる槙村の存在を意識した将貴と晴汝、そして麻里亜の勧めがあってこそだった。

12

将貴たちの両親の位牌《いはい》を収めた仏壇に向け線香をあげてじっと手を合わせると、槙村は四人で井の頭公園を少し歩こうと言い出した。天気もいいし、散歩に付き合うのはやぶさかでないが、急に訪ねてきたことといい、なにか意図があるのではと感じた。

よく晴れた4月の空は、公園の森の緑に絵はがきのようにマッチしていた。

コンクリートの階段を下りていくと、きらきらと輝く池が見えてくる。

将貴はここからの景色が、子供の頃から好きだった。

サッカーボールを蹴《け》りながら階段を下りていくと、追いかけようとした妹が転びそうになるのを見て母が慌てて助けあげる。

笑いながら振り返り、なんとか無事な妹を確認してもう一度顧みると、水面《みなも》を輝かせる池が木々の間から覗いているのだ。

そんな光景が、幼い日の記憶のステレオタイプとして、将貴の脳裏に刻みつけられているのだった。

週末の井の頭公園は総じて人通りが多いが、公園の西側はさほどでもなく、こういうそぞろ歩きにはちょうどいい。

看護師として働く晴汝の近況をはじめ、他愛ない昔話などをしながら、弁財天《べんざいてん》様を祀《まつ》っている社《やしろ》の辺りを過ぎた時、ふと歩を緩めて槙村が言った。

「今日は少し、話があってきたんだよ」

思った通りである。

晴汐が看護師として働き出す前にも、槙村は同じようにふらりと訪ねてきて、公園を歩きながらアドバイスをしてくれた。

その時は、晴汐が港医科大附属病院に就職を決めたのを知ってのことだった。

大学病院の仕事も一度は経験して損にはならないが、決められた科の属した派閥の医師だけを相手に長く働くよりも、なるべく早く高森総合病院のようなところで、希望すればいろんな科で経験を積める環境に身を置いて、自分の適性を探っていくほうが将来のためになるという話を、ちょうどこの弁財天を過ぎた辺りでされた憶えがある。

「やっぱりそうだったんですね。もしかすると、白夜のことですか」

将貴がきくと、槙村は小さく頷《うなず》いてみせながら、

「彼女のことは麻里亜から聞いて、俺も興味をもったよ。素晴らしい才能の持ち主らしいな、若いのに」

と、少し下がったところを歩いている白夜を顧みた。

白夜は照れるでもなく、ただ槙村の顔を興味深そうに見ている。

槙村は、またすぐに前に向き直って言った。

「じつは、麻里亜に病院のことで相談を受けてね」

彼は麻里亜のことも生まれた時からよく知っている。分娩《ぶんべん》も港医科大病院の産婦人科だったそうで、赤ん坊の頃はおむつも替えたことがあると言っては、麻里亜によく嫌がられていた。

「麻里亜が相談を？」

「うむ。彼女は去年から院長を務めている里中賢蔵のことを、信用できなくなっているらしいんだ。港医大附属病院の院長になってもおかしくなかった大物ということで、大学側からの推薦もあって受け入れたというのだが、もしかするとやっかい払いだったんじゃないかと思っているようだ」

「それはつまり、彼の投資失敗からくる借金のことですか。付属病院が肩代わりしたという……」

「その借金はもう、ほとんど返し終わっているはずだと伝えたんだが、どうも麻里亜が感じているのは、もっと漠然とした不安なのかもしれない。しきりに聞いてきてね、里中は港医大時代どんな人物だったのか、彼を院長にして本当によかったのだろうか、などと」

「どう思われるんですか、槙村さんは」

「正直、俺もいやな予感がするんだ」

「いやな予感……」

「里中は俺の大学時代の同期だ。大学病院に勤めるようになったのも1年違いで、それからずっと切磋拓磨してきたライバルであり、友人でもあった。ところが彼が副院長に就任した頃から、様子がおかしくなってきてね。投資の失敗がきっかけだったのかもしれないが、よくない噂がたち始めたんだ――」

槙村の話では、里中は脳神経内科部長からのステップアップとして副院長になると、内科全体の治療方針決定にも影響力を行使するようになったのだという。

中でも彼が介入したがったのが、投薬のあり方だった。

それぞれの科の担当医がどんな薬を患者に処方するかは、普通は個人の裁量に任されている。しかし里中は、そこに一定のルールを設けようとしたのである。

表面上は科をまたいで受診する患者の薬の拮抗《きっこう》や多剤投与からくる副作用を防ぐことと、病院付属薬局が同じ薬剤を大量仕入れすることによるコストダウンが理由だったが、槙村いわく、そこに彼の個人的な利益が関与していた可能性があるというのだ。

特定の製薬会社からの手厚い礼金、つまり賄賂《わいろ》を受け取っていたのかもしれないという。

「賄賂ですか」

里中は高森総合病院でも、同じような使用薬剤のコントロールを始めている。

しかしそれでどこかの製薬会社から賄賂をもらっているとは思えない。

アセトアミノフェンのようなジェネリックもある薬剤を大量仕入れしても、特定の製薬会社に利することにはならないだろうし、仮に多少はなったとしても、大学付属病院とは規模が違ってくる。

多額の賄賂を手に出来るほどの影響力はないだろう。

「まあ賄賂そのものは、仮に受け取っていたとしてもたいした額でもなかったとは思う。

それよりもっと、大変な事件があってね」

「事件？」

「医療事故だよ。七十代の女性患者が、必要以上の投薬を受けて死亡したんだ」

将貴の中で警鐘が鳴り響いた。

公園の小道がふいに薄暗くなった気がして、思わず辺りを見渡す。

親子連れ、恋人同士、読書をするサラリーマン……いつもと変わらない光景が、サスペンス映画の一場面のようにどこかおぞましく映る。

つい先日、目の当たりにしたアセトアミノフェン中毒による医療事故未遂。

それと今聞いた話がシンクロしていく。

「どういう経緯だったんですか。詳しく教えてください」

将貴が歩みを止めて問いかけると、槙村は眉間《みけん》に皺《しわ》を寄せて、不可解な事故の顚末《てんまつ》を話し始めたのだった。

13

その薬害死亡事故を見つけたのは、槙村本人だった。

港医科大附属病院では、原因のはっきりしているケースを除いて、亡くなった入院患者の死因を全て調べることになっている。場合によっては遺族の了解を得た上で病理解剖をすることもあるという。

その七十代の女性患者の死因は、担当医の所見では便秘による腸破裂からの敗血症。緊急手術の準備中にあっという間に亡くなってしまったという。

症例自体が珍しいこともあって、総合診療科を開設したばかりの槙村が駆り出されたということだった。

遺体の検分と死亡時の報告書の検証を行って、彼はすぐに疑問を感じたという。

便秘による腸破裂からの敗血症でそこまでの突然死というのは、不自然だと考えたのだ。

「便秘で腸破裂……」

白夜が、槙村の話に引き込まれたのか確認するように呟《つぶや》いた。

「そうやって便秘で腸が破けたなら、石のように固い便がじわじわと腹部に漏れだして、周囲の臓器に感染を起こして死亡するまで、ある程度時間がかかります。発熱とひどい痛みを伴う症状が長く続いて、敗血症から多臓器不全を起こし死に至る。それが突然死となると、敗血症以外の理由があるはずです。たとえば腸管穿孔《せんこう》による出血で低血圧になり心停止とか……急変時のバイタルは頻脈《ひんみゃく》でしたか？」

「いや、むしろ徐脈になっていたようだ」

「出血なら脈が速くなるはず。患者は心臓に問題があったんですか」

「それは恐らくなかっただろう。持ち物にスポーツクラブの会員証があった」

「そもそも、腸が破裂するほどの便秘も珍しいですけど、原因は何かわかりましたか」

「うむ。患者はアルコール依存症で心因性と思われる偏頭痛もあったそうだ。持っていた鞄《かばん》から、薬がいくつか出てきて、それが極度の便秘を招いたと思われる」

と槙村が言うと、打てば響くように白夜がその薬が何かを口にした。

「抗うつ薬ですね。それも三環系の。現在はうつ症状には選択的セロトニン再取り込み阻害薬、いわゆるSSRIを投与するのが一般的ですが、アルコール依存で偏頭痛があれば、今でも三環系が処方されることもあります」

「正解だ。トリプタノールだった。それと……」

言いかけた槙村を遮るように、白夜は続ける。

「トリプタノールには便秘を引き起こす副作用があります。他にも手の震えなどの症状が出る場合がありますが、それを予防するために飲む、パーキンソン病治療薬の抗コリン薬、アキネトンにも便秘の副作用がある。患者が高齢女性ということも考えると、合わせて飲めば極度の便秘になる可能性はとても高い」

「驚いたな、まさにその通りだよ。彼女の遺《のこ》した鞄からは、その二つの薬がたくさん出てきた。便秘を引き起こした原因は、間違いなくそれらの薬だと確信した」

「薬は港医大附属病院で処方されたものなんですか」

「うむ。彼女はうちの精神科に通院歴があってね。その際に処方されたらしい。ただ三カ月前のことだったし科も違っていたため、便秘を担当した医師はまったく考慮しなかった。しかし、なぜかたくさん彼女の遺品の鞄から出てきたんだよ。もしかすると、処方された薬を気に入って大量に個人輸入して常用していたのかもしれない。抗うつ剤や頭痛薬の場合はたまにあるからね。それらの薬剤はすべて白いピルケースに入っていて、担当していた看護師いわく、患者はサプリメントだと言って飲んでいたそうだ」

「サプリメント……」

「担当医は知らなかったらしい。知らずに便秘の治療をしていたそうだ」

「死因は腸破裂からくる敗血症……それ、誤診ですね」

「ああ、その通りだ。白夜くん、本当の死因はなんだと考えるかね、君は」

わずかな情報からズバズバと真相を言い当てる白夜に興味津々の様子で、槇村は訊《き》いてきた。

「高マグネシウム血症です。もしかすると患者は、さっきの二種類の薬剤の他にも、サプリメントとしてビタミンDも常用していたのでは？　ビタミンDはマグネシウムの吸収を促す効果がありますから」

槇村は、半ば呆《あき》れたように天を仰いだ。

「参ったな、君には」

「どういうことですか槇村さん。俺にもわかるように説明してください」

将貴が訊くと、槇村の代わりに隣にいた晴汝が答える。

「便秘薬のカマ——酸化マグネシウム製剤を投与されていたんじゃないかな。それが極度の便秘のせいで腸から吸収されちゃって、高マグネシウム血症になり心不全を起こしちゃったんだと思う」

「晴汝ちゃんもよく勉強してるね。その通りだよ。酸化マグネシウムは安全な薬とされていて、通常はほとんど腸から吸収されずに便通を促して共に排出される。しかし患者の便秘はあまりにひどく、薬が腸に大量に蓄積してしまい、ビタミンDの効果も重なって、便秘に伴う食欲不振からの脱水を契機に一気に腸管吸収されてしまったんだ」

高マグネシウム血症は、強い心機能抑制作用があり、徐脈から心停止に至る致命的な病態で、便秘薬の副作用としてまれに見られるという。

腹痛からのレントゲンで腸管の破裂が見られ、担当医はまず感染症を防ぐために抗生剤を点滴投与し、手術の手配をしたということだったが、高マグネシウム血症には気づかなかったようだ。

その結果、死亡後に本当の原因がわかることになってしまったのである。

患者の七十代女性は身寄りがなく、遺体は彼女が働いていた清掃会社の社長が引き取ったとのことだった。

「ちょっと待ってください、槙村さん」

将貴が口を挟んだ。

「その医療事故については理解できました。でもそれが、里中院長となんの関係があるんでしょう」

「関係があるかも知れないんだよ」

槙村は押し殺すような声で言った。

「さっきも言ったように、港医大附属病院の投薬ガイドラインを刷新したのは里中なんだからね。そしてアルコール依存で心因性の頭痛がある患者には基本、トリプタノールを使い、合わせてアキネトンを処方するという、重箱の隅をつつくような奇妙な精神科の投薬ルールも、重症の便秘には全て酸化マグネシウム製剤で対応するという消化器内科のルールも、彼がすべて副院長就任の後に決めたことだったんだ」

14

槙村の言葉に将貴は凍りついた。

今、高森総合病院で起きていることと酷似した投薬ルールの見直しが、港医科大病院でもかつて里中によって行われ、もしかするとそれが原因で死者が出たのではないか、槙村はそう言いたいのだろうか。

「麻里亜からの相談事というのは、そのことだったんですか」

将貴が訊くと、槙村は木々の間から覗《のぞ》く青空を仰ぎ見て言った。

「こんな晴れやかな日に話すようなことでもなかったな」

「いえ、伺えてよかったです。おかげで頭の中はどんより曇ってしまいましたけど」

「麻里亜は里中を受け入れた責任のある病院理事長として、表立って出来ることは限られていると言っていた。だから将貴くんのペンの力と白夜くん、君がさっき見せてくれた、驚くべき洞察力にも期待しているようだった。よろしく頼むよ、お二人さん。俺も麻里亜が言っていた高森総合病院の投薬ミス事件が、偶然なのかどうかは別として、里中のやってることが遠因になっているのは間違いないと思っているんだ」

偶然でないなら、なんだと言うのだろう。たまたまでないなら、必然ということか。

しかし、なんのための必然なのだ。

それがわからない。

「槙村先生」

ふいに晴汝が呼びかけた。

「さっきから、あの赤ちゃん、ずっと泣きっぱなしなんです。大丈夫かしら」

見るとベンチに座っている母親が、必死の様子で赤ん坊をあやしていた。槙村の話に夢中で気づかなかったが、かなりの大声で泣き叫んでいる。

静かな公園だけに周囲の視線も気になるのだろう、眉《まゆ》を厳しく寄せてうんざり顔だ。

「あたしたちがここに来る前から泣いてたから、もう10分くらいは泣き通しなんじゃないかな。なんか病気だったりしないでしょうか」

確かに10分泣き続けているとなると、何か病的な理由があってもおかしくない。

「さあ、どうだろうね。白夜くん、君はどう思う」

槙村が訊くと白夜は、

「どうでしょうか」

と、少し近づいて観察しはじめた。

「乳児が母親と一緒にいるのにあんな風にずっと泣き続けているケースでは、たんなるおむつの汚れとか空腹、発熱などは考えにくいですね。排便や空腹なら母親が対処しているはずですし、発熱なら抱いているうちに気づくでしょう」

「なるほど、そうかもしれないな」

「だとすると、考えられる症例で急を要するものは、腸重積でしょうか」

「なんだそれは」

将貴が訊くと、白夜はいつも通り淡々と説明を始めた。

「零歳から二歳くらいの乳幼児に比較的多い病気で、腸管の一部が後部の腸管に引き込まれる形で、重なってしまう状態を言います。原因は不明な場合も多く、長く放置すると腸管が壊死を起こして命に関わることもある危険な病気です。初期症状としては原因がわからないまま大声で泣き続けたり、ずっと不機嫌で顔色が悪かったり、進行していくとぐったりしたり嘔吐《おうと》、血便なども出てきて、こうなると治療を急ぐ必要があります」

「大変じゃないか、それは」

「まあ慌てなさんな。ちょっと白夜くん、一緒にあのお母さんのところにいこう。将貴くんと晴汝ちゃんは、そこで見ていてくれないか。あんまり大勢でいくと、お母さんがびっくりしてしまう」

「はい、わかりました。ここで待ってます。ね、お兄ちゃん」

「ああ、かまわないが……」

「よし、一緒に行こう、白夜くん」

槙村は手招きしながら歩きだした。

白夜は不思議そうに首を傾げながらついていく。

「何をするのかな、槙村先生」

と、晴汝が小声で聞いてくる。

「さあ。槙村さんはちょっとイタズラ好きだったからね、昔から。何か企《たくら》んでいそうな気がするな」

と、晴汝を誘って将貴は、母子《おやこ》から5メートルほど離れた大きな立ち木の陰に隠れるようにして、成り行きを覗き見ることにした。

15

「お子さん大変ですね、お母さん」

ベンチに座っていた母親は、槙村のいきなりの問いかけにびっくりして、目を丸くして応《こた》えた。

「あ、はい、すみませんうるさかったですか」

騒音に文句を言いにきたのかと思ったのだろう。槙村はしゃがみ込んで、すぐに笑顔で否定した。

「いやいや、こんな公園で赤ちゃんの泣き声をうるさがるなんて、心の狭い人間のやることです。私は医者でね。ちょっと心配になって様子を見にきただけですよ」

「えっ、お医者さんなんですか」

医者が心配して来たと聞いて、母親の表情に不安の色が浮かぶ。

「この子、なにか病気なんでしょうか」

と訊かれて槙村は、明るい笑顔のままで首を横に振って、

「ちょっと泣いてるくらいで、重大な病気ということはありませんよ。ね、そうだろ、白夜くん」

「そうですね。泣いているだけで病気と決めつけることはできません」

白夜は槙村が何をしたいのかわからず、居心地悪そうに突っ立っている。

「あの……そちらのお嬢さんもお医者様なんですか」

母親が怪訝《けげん》そうに訊《き》いてきた。何か答えようとする白夜を手で制して、代わりに槙村が答える。

「いえ、この人は医者の卵でね。まだ医学部の学生なんです。近くの病院で研修を受けてるところなんですが、なかなかに優秀な人ですよ。美人だしね」

「学生さんなんだ。本当に綺麗《きれい》な人ですね、色が真っ白で」

そんなことを言われて、白夜はさらに困り顔になる。

白夜は相変わらず自分の容姿にあまり関心がない。こぎれいにしているのは、晴汝が気をつかって毎日アドバイスをしているからで、放っておくと髪は起き抜けのまま、化粧はもちろんせずにすっぴんで、服も適当に手近なものを雑に着て出掛けてしまうのだ。

「いやいや、お母さん、あなたも相当にお綺麗ですよ」

唐突に槙村が言った。確かにわりと美人の部類かもしれないが、公園で赤の他人がいきなりそんなことを言い出すなんて、怪しいにもほどがある。

しかし槙村は止まらずに、さらに続ける。

「こんな小さなお子さんがいて身の回りを気づかう余裕ないのが普通なのに、着てらっしゃるお洋服もお洒落《しゃれ》で、雑誌のママさんモデルみたいじゃないですか。もしかしたら、元々そういうお仕事をされてたとか」

よくもまあ歯の浮くようなことをシレッと言えたものである。

しかし言われる側は悪い気はしないようで、照れたように白い歯を見せ、

「やだ、そんなんじゃないですよ。まあ少し、学生時代は、読モ？　みたいなこと、やってたりしましたけど……やだ、恥ずかしい。ねえ、みやびちゃん」

と、抱いている子供に話しかけた。

「あれ、泣き止んでますね、赤ちゃん」

ハッとなった。確かにいつのまにか泣き止んで、ご機嫌な笑顔で母親に手を伸ばそうとしている。

「あら、本当だ。笑ってる」

「どうやら病気じゃないようだ。もう大丈夫ですね、お母さん。私たちはこれで失礼します」

立ち上がって軽く会釈して、きょとんとしている白夜を促して欅《けやき》の大木の陰に隠れている将貴たちのほうに戻ってきた。


「どういうことですか、槙村さん」

母子連れから離れながら将貴が尋ねると、槙村は得意気に笑って、

「問題は赤ちゃんではなくお母さんのほうにあったってことさ」

「どういう意味ですか、それ」

今度は白夜が訊く。

「わからないか白夜くん。つまりね、赤ちゃんが泣きだしたのは、きっとお母さんが不機嫌だったからなんだ。何か家庭で嫌なことがあったのかもわからないし、土曜日の午後なのにお父さんが一緒にいないのもそれが理由なのかも知れない。ともかくお母さんは、こんないい天気の公園に来ているのに、赤ちゃんの前で笑顔を作れていなかったんだろう。それを見ていた赤ちゃんが、お母さんの怖い顔を恐れてなのか、そのネガティ

ヴな気持ちに引っ張られてなのか泣きだし、子供に泣かれてさらに不機嫌になったお母さんを見て泣き続ける、という悪循環に陥っていたんだと思う」

なるほど、だから歯の浮くようなお世辞で、母親の笑顔を引き出したというわけかと、将貴は得心がいった。さすが港医科大病院きっての診断医と言われるだけある。

「白夜くん、君は麻里亜の言うとおり確かに素晴らしい観察眼と知識、推理力、それに我々にはない第六感のような感性を持っているようだ。しかし、診断医はそれだけでは一流とは言えない。患者の心にもっと寄り添うことが必要になってくるんだよ」

「患者の心に寄り添う。どういう意味でしょうか。私にはよくわかりません」

それも本音だろう。白夜はまだ、そこまで精神的に成熟していないのだ。この世界に解き放たれて、まだたった6年しか経っていないのだから。

「そうか、わからないか。ならばこう考えてみてはどうかな。たとえば今の赤ちゃんの件で、君の見立てた腸重積の可能性を、あのお母さんにさっきしたように滔々《とうとう》と語り出したらどうなっていたと思う？」

「どうなっていたんでしょうか」

「お母さんは自分の子供が重病かも知れないと動揺し、その様子を見た赤ちゃんはさらに不安になって泣き声を上げただろう。その足で、病院に駆け込んでレントゲンを撮ってくれと言い出したかもしれない。あんな小さな子にそれは、大きな精神的負担にもなるだろうし、ちょっとしたトラウマを残しかねない。決めつけていなくても、あの母子にとってはそれは『誤診』されるに等しい」

「やっぱりわかりません、私には」

白夜は納得いかないようで、首を傾げたポーズで言った。

「たまたま泣き止んだので恐らく違うでしょうけど、あの時点では腸重積の可能性も確かにあったはずです。いえ、今だってまったく可能性がゼロとは言えません。医師の診断はそういう可能性も考慮して行うべきで、私が間違っていたとは思えません」

白夜も腹を立ててそう言っているわけではないだろう。それを感じたのか、槙村は笑顔になって言った。

「まあ、無理にわかろうとしなくても、今はそれでいいんじゃないかな。でもこの先、患者と向き合って、その本音を引き出せずに苦労した時は、俺の言ったことを思い出してほしい。案外、これから君が当たる壁は、すぐ近くに待ち受けているかもしれないからね」

「そうですか」

白夜は淡々と言って、

「散歩のついでに吉祥寺駅のほうにちょっと行って、『エピキュリアン』という店に寄っていいですか。ここのプリンがとても美味《おい》しいので、買って帰ってみんなで食べましょう」

と、おそらくなんの悪気もなく話を変えてしまう。

「いいとも。俺も甘い物は嫌いじゃないよ、白夜くん」

槙村も白夜の人となりを早くも理解したようで、にこやかに受け止めてくれた。

しかし、この時の槙村の言葉は、ほどなく現実のものとなり、白夜はその『壁』と格闘することになるのだった。

16

「野上からメールが来たの」

美保は震える声で、電話口の男に告げた。

「生きてるのよ、彼。どうしてなの？　死ぬって言ったじゃない」

最後の客を送り出すとドアに閉店の札を架け、疲労を癒《いや》すつもりで棚にある飲みかけのボトルからウイスキーをグラスに注いだタイミングで、メールを送ってあった彼から電話がかかってきたのだ。

「そうですか」

彼は淡々と答えた。

「なぜ死ななかったのかは、ちゃんと検証します。あなたは心配する必要ない」

「本当に？　もし彼が、あたしがあげた薬のせいでこうなったとか言い出したら……」

「そんなことは言わないように、信頼関係を築いてきたでしょう」

「それはそうだけど……」

「大丈夫」

　また彼は、ぐすっといつもの含み笑いをして、

「私が言った通りに、二日酔いの頭痛止めとして渡していたんでしょう。だったら、仮に彼があなたからもらったことを話したとしても、病院側はそれをことさらに追及しようとは思わないはずです。まして、経験不足の研修医の投薬ミスが招いた事態となれば、それを認めること自体、病院にとっては恥ですから」

「投薬ミス？　どういうことなの」

　うっかり口を滑らしたのだろう、彼は小さく舌打ちして、

「私が考えていたストーリーの話です。細かいことまで、あなたは知る必要がない。いいですね。知る必要がないんです」

　と、低い脅迫的な声色で念を押す。

「……わかったわ」

　一杯目のグラスを空にすると、なんだか少し勇気が湧いてくる。

「あたしは言われた通りにやった。あとは、あなたの責任よ」

「ええ、もちろんわかっていますよ、安岡さん。いいですか。あなたが私とのこういうやりとりを口にしないかぎり、鎮痛解熱剤を渡していたことだけで、責任を追及されることはありません。あなたは何一つ強制していなかったのだから。そうでしょう」

「そうね。彼には無理やり飲ませた覚えはないものね。もちろんあなたとのやりとりを喋《しゃべ》るつもりもないから安心して」

「それでよろしい」

「でも、このままじゃ、どっちみちあたしは沈没なのよ。どうすればいいのかな」

「大丈夫ですよ」

　また、ぐすっと笑って、彼は言った。

「これくらいのことは想定済みです。あとは私に任せて、あなたは野上がＩＣＵを出たタイミングを見計らって、知らん顔でお見舞いにでも行ってやってください。今生のお別れにね」

「死ぬのね、野上は」

「ええ、もちろん。そうでなければ困りますよ。あなただけでなく、私もね。……では、おやすみなさい」

　電話口で囁《ささや》いて、彼はいつも通りにそっけなく電話を切った。

　手段はわからないが、殺すつもりなのだろう。

　今度は彼自らの手で、確実に野上を。

　美保はその冷血さに身震いがしたが、かといってもう後には引けない。

　野上から来た携帯メールに、スマホでＩＣＵを出たら見舞いに行く旨を返信すると、店のカウンターに置いたグラスにまた指二本分のウイスキーを注ぎ、一気に飲み干す。

ヒリリとしたハードリカーの刺激に喉《のど》を焼かれながら、思った。

どうしてこんなことになってしまったのだろう。

この年で独り身の自分には、今背負っている莫大《ばくだい》な借金を返せる見込みはない。返せなければ全てを失い、夜逃げするか自己破産して惨めな人生を甘んじて受け入れるか、そのどちらかだ。

それはわかっている。

だからあの男の誘いに乗った。

いちかばちか、捲土重来《けんどちょうらい》を期して。

人生をやり直すために。

ここまで来たら、彼を信じてやり遂げるしかないのだ。

自分に言い聞かせながら、美保はまたウイスキーを呷《あお》った。

第二章　命の値段

1

月曜の昼間だというのに店内はほとんど満席で、高価《たか》そうなバッグを荷物置きの籠《かご》においたマダムたちが、何かを競い合うように甲高い声で談笑している。

吉祥寺を人気の町にしている第一の理由であろう井の頭公園に面するこのイタリアンレストランは、池を臨む広いテラス席も有していて、晴汝いわく常に人気ランキングの上位にいるらしい。

古くからの友人で吉祥寺署の刑事である奥村淳平《おくむらじゅんぺい》に、折入って話がある時は、必ずこの店で待ち合わせをすることにしている将貴だったが、たまたま予約を取り忘れて、レジ前に並んだ椅子でおしゃべりなマダムたちに交じって待つはめになってしまった。

「お客様、お席がご用意できましたので、どうぞこちらに」

店員の女性が笑顔で会釈して、ようやく将貴を店の奥へと案内しようとしたそのタイミングで、奥村は息を切らせながら現れた。

「すまん、将貴。出ようとしたら課長に呼び止められて、つまらん競馬の話に付き合わされてね」

「競馬？　そんなの約束があると言って振り切れないのか。お前だってもう役付きだろうに」

「それが出来ないのが警察って組織なのさ。お前らマスコミとは正反対なんだ、勘弁してくれ」

「ははは。まあいい、どうせ俺も予約取り忘れたせいで、10分以上も入り口で待たされてたんだ。ちょうどいい按配《あんばい》だよ、今来てくれて」

そんな会話に笑いを堪《こら》えながら、店員は二人を希望してあったテラス席に案内してくれた。


テーブルの上に木の影が、だんだら模様を揺らしている。

小鳥のさえずりに混じって遠くから聞こえるシタールは、楽器の練習をしに来た市民が奏でているのだろうか。それとも、茣蓙《ござ》を敷いて空き缶を前に置いた、ストリートミュージシャンなのか。

子供の頃からそれらに親しんできた将貴には、なくてはならない井の頭公園の風物詩だった。

「——で、今日の相談事はなんだ」

お互いの近況を伝え合いつつランチセットのパスタを食べ終え、運ばれてきた熱いコーヒーを唇を尖《とが》らせて啜《すす》りながら、奥村が訊《き》いてきた。

「殺人未遂か自殺教唆か、そんな話だ」

奥村はコーヒーを噴きだしそうになって、問い返す。

「お前、また事件記者に戻ったのか」

「いや、そうじゃない。高森総合病院で起きてる事件なんだ。白夜がDCTに実習で復帰してさっそく診断した薬害の話なんだが、どうもきな臭い」

「詳しくきかせろ」

「そのために呼び出したんだよ」

将貴はここだけの話だと釘《くぎ》を刺した上で、先日病院で起きたアセトアミノフェン中毒騒動について話して聞かせた。うんうんとうなずいて聞いていた奥村だが、薬の名前など具体的な話になると目が泳いでいた。

どうやら奥村には、数年間医学についてそれなりに学んできて、ノンフィクションも出版した将貴のわかりやすい説明でも、ついてこられないところがあるとわかったので、最後にはずばり、

「ともかく誰かがその患者に、飲みすぎたら危ない薬を大量に飲ませた疑いがあるんだ」

と言って話をまとめた。

「なるほど、そいつは確かにきな臭い」

奥村はもう冷めてしまったコーヒーを、一気に飲み干して言った。

「ようするにお前は、その野上一夫っていうバーテンの身辺を俺に洗えって言いたいわけか」

「察しがいいな。そういうことさ」

将貴はとりあえず今のところは、患者がどんな症状でどういう処置を受けて危険な状態に陥ったか、その事実を伝えるだけに留《とど》めた。

麻里亜が懸念している病院内部の不穏な動きに関しては、まだ警察が乗り出すようなレベルではないと思っている。

そこは現状では将貴が水面下で、取材と称して医師たちからの情報を収集することから始めないと、火のないところに煙をたたせかねない。

もし万が一、本当に病院内で何か陰謀めいたことが行われているとしたら、逆にその首謀者を警戒させて証拠隠滅をされてしまう可能性もある。

病院内の件についての警察の出番は、もしそれが事実であるなら動かぬ証拠を摑《つか》んでからでも遅くないと、将貴は踏んでいたのである。

ともかく奥村には、野上一夫がどんな人物でどこで働いているのか、職場の人間関係や家族のことなどを調べてもらいたかった。

所轄警察署に勤める彼にとっては、そのくらいは朝飯前なはずだ。

「住所とか年齢とか、わかる範囲でいいから教えてもらえないか。それがわかれば、二、三日でお前のほしい情報はあらかた調べがつくと思う」

「たった二、三日で？」

「警察ってのは、そういうもんさ。その気になりゃ、あらゆるデータベースにアクセスできるんだよ、今の時代」

「プライバシーもくそもないわけか」

「お前らマスコミと違って、それを暴露したりはしないがな」

笑って軽く言い返すと、奥村は伝票を手にして席を立った。

たかが1500円のランチでも、奢《おご》りは受けない。

上司とやりあって所轄に飛ばされたとはいえ、かつて捜査一課で働いたこともある男の矜持《きょうじ》は、相も変わらずだった。

2

野上一夫の病室は、麻里亜の配慮で個室に移された。

四人部屋の他の入院患者は認知症の高齢者ばかりで、野上に聞き取りをしてもそれを理解できるとは思えなかったが、彼らの家族が見舞いに訪れることを考慮しての処置だった。

念には念を入れて正解だと将貴も思う。もし本当に、彼のアセトアミノフェン中毒が殺人未遂だとしたら、慎重にことをすすめなくてはならない。

　白夜の判断で行われた解毒剤注射などの迅速な処置が効いたのだろう、急変から二日後には野上は集中治療室から出て、ごく軽い食事も摂《と》れるようになった。しかしまだ肝臓の値は良くなく、長年のアルコール過剰摂取も肝機能障害の原因の一つだと思われた。

　肝臓は再生力の強い臓器で、一カ月も禁酒すれば恐らく正常値に戻るだろうと、白夜は言っている。もし彼の命を誰かが狙っているのだとすれば、それはありがたくないことに違いない。

　個室に移されてその一日だけ経過観察を経ると、翌日にはいよいよ野上にアセトアミノフェン中毒に至った経緯の聞き取りを行うことになった。

「誰が参加するか決めないとね」

　DCTのメンバー全員を集めて、麻里亜が言った。

「あたしと言い出しっぺの白夜さん、それと記者として将貴にも参加してもらうことになっていて、患者にはもう了解を取ってあるわ。でも、あんまり沢山いると患者を緊張させることになるし、四人に絞っていこうと思うの」

「あ、俺が行きたいです」

　夏樹が真っ先に手を挙げた。

「こう見えていろんな科で仕事してきてるんで、いると便利な男ですしね」

　仙道が笑って、

「自分でいいますかね、それ」

と、手を挙げる。

「僕を加えてください。外科的観点もあったほうがいいと思います」

「外科は関係ないだろ。薬の話を聞きに行くわけで」

「夏樹先生こそ、皮膚科はなんか関係あるんですか」

「いやだから、俺は皮膚科の前はいろいろと……」

「私は」

ふいに白夜が割り込む。

「西島先生がいいと思います」

「えっ、僕ですか」

名指しされた西島のほうが驚いた顔で、

「なんでですか白夜さん。いや、全然かまわないしむしろ行きたいですけど……」

と、聞き返す。

「精神科でアルコール依存や薬物依存の治療経験もありますし、なによりも他の二人と違って、聞かないかぎりしゃべらないでいてくれるので」

真顔で悪気なさそうに言いにくいことを平然と口にする白夜に、麻里亜が噴きだしそうになる。将貴も笑いを堪えた。

「へいへい、わかりましたよ白夜ちゃん」

「きっついなぁ〜」

夏樹と仙道は苦笑い。ただ、二人はこの『白夜節』には慣れっこなので、怒ったりはしない。

「さて、ぼちぼち野上さんとの約束の時間よ。病室に向かいましょう」

と、麻里亜は白衣のボタンを留めながら、立ち上がった。


野上の病室は、新病棟の2階にあった。

本来は安くない個室料を払った患者だけが入院できる病室なのだが、今回はその費用は病院持ちで野上の負担はない。そのことを野上に伝えると、しきりに申し訳ながっていたそうで、彼の謙虚な人柄が垣間《かいま》見えた。

病室のドアをノックすると、意外や女性の声が返ってきた。

思わずみんな顔を見合わせ、麻里亜がそろりとドアを開ける。

ベッドサイドの椅子から立ち上がったのは、タイトな黒のワンピースを着た女性だった。

見様によっては三十代前半にも思える若作りだったが、おそらく四十はゆうに超えているだろう。物腰にそれが表れている。

新聞記者や雑誌編集者として、いろんな業界の人間ウオッチをしてきた将貴の見立てでは、おそらく人生の半分以上は水商売に携わっている女性に違いない。

そういう夜の蝶《ちょう》の鱗粉《りんぷん》が、しゃなりと立って笑顔を作り、媚《こ》びを売りながら相手の品定めをする瞬間に、ふわりと舞い散るのを感じた。

「面会の方ですか」

歩み寄りながら麻里亜が訊《き》いた。

「はい、そうなんです」

小首を傾げながら頷《うなず》き、女性は答える。

「安岡と申します。野上さんにお世話になっている者なんですよ」

と、肘《ひじ》に掛けた高級ブランドのバッグを開けて、中から手早く名刺を出して、将貴たち四人に配って回った。

「お店は吉祥寺にいくつかあるんですけど、野上さんにバーテンダーをお願いしているところは、女性の方でもお一人でよく来られてますから、よろしかったら」

女性が一人で来るというのが本当か嘘かはわからなかったが、ともあれホステスが横につくような店ではないのだろう。

白衣を着ているとはいえ未《いま》だに少女のような白夜にも、少し迷いながら笑顔で名刺を差し出した。しかし受け取ろうとしない白夜の様子に、固執せずさらりと引き下がる。

「どうも。野上さんを担当させて頂いております、高森と申します」

受け取った名刺を見ながら、麻里亜が軽く会釈をした。

将貴も見てみると、安岡美保という名前の下に三つの店の名前が並んで書かれている。

それぞれスナック、バー、クラブとあった。

なるほど、見立て通りである。佇《たたず》まいからしてまだ自ら店に立つこともありそうだったが、3店舗を吉祥寺でいとなんでいる経営者という肩書だ。

「野上さんにお願いしてるお店は、真ん中にある『バー・M』なんですの。シックなお店ですので、よろしければ先生方にも二次会なんかで使って頂ければ」

「昔と違って今どきの勤務医は、居酒屋とか焼き鳥なんですよ」

麻里亜は作り笑顔で応《こた》えた。

「MRの接待とかも、だいぶ減ってきていますし、派手な生活とは無縁なんです」

そもそも彼女はその手の接待を嫌っていて、総合病院の理事長という立場にも拘《かか》わらず、医薬品業界との繋《つな》がりもほとんどない。

そういう『政治』が苦手だった父親譲りの清廉さは、昔から変わっていなかった。

「あらそうなんですね、今どきは。野上さん、なんだか診察みたいなんで、あたしはぼちぼちおいとましますね」

と、美保は野上を顧みて告げる。

「ああ、もうお帰りですか、美保さん。本当にありがとうございました、今日は。お店もお任せしてしまって……本当に本当に……」

と、目頭を潤ませてベッドから起き上がろうとする彼を、派手なネイルをした手で制して、

「ああ、いいのよ、横になっててちょうだい。また来ますね。それじゃ……」

と、そそくさと病室を出ていった。

3

野上に対する聞き取りは、軽い世間話をしたあとに、さりげなく始まった。

ネタを引き出すテクニックは記者を長く経験した将貴が長《た》けていたが、医者でもないのにへたに関わると、事情聴取のようになってしまい、却《かえ》って患者を頑《かたく》なにしてしまうかもしれない。

今回はとりあえず質問をするのは遠慮して、少し離れたソファに座ってパソコンを開き、メモ係に徹することにした。

「──そういうわけで、野上さんの病状は薬物の中毒症状だったんです」

麻里亜は野上が救急車で運び込まれてからの出来事を、刺激的な部分を除いて軽く伝え、その上で本題に入った。

「どうやら当院に運び込まれてきた時点で、野上さんの症状は急性アルコール中毒ではなく、アセトアミノフェンという鎮痛解熱薬──つまり頭痛薬とか風邪薬のような薬を、大量に飲んでしまったために起きたものだったようなんです。なにか心当たりはありませんか。それについて」

「いえ、私には心当たり、ありませんね」

野上は麻里亜の方を見ずに答えた。

その様子から将貴は、彼が何か隠し事をしていると感じた。

思い出そうともせず即答したのは、麻里亜の説明を聞くうちに、何がそれなのかすぐに思い当たったからだろう。しかしそれを伝えるのは避けたかった。なんらかの理由で。

だから、彼の返答は一つしかなかったのである。

心当たりがない。

そう答えるしかなかったのだ。

「本当ですか、野上さん」

麻里亜は諦《あきら》めずに食い下がる。

「あなたの血液を調べたところ、かなりの量のアセトアミノフェンが検出されたんです。こちらの白夜さんが気づかずに解毒剤を投与できなかったら、命に関わる量でした」

と、傍らに立っている白夜を掌《てのひら》で示してみせた。

「命に関わる？　どう関わるんですか」

反応があった。隠すつもりでも、自分の生き死にに繋がることだったとするなら、理由を知っておきたかったのだろう。

麻里亜は慎重に言葉を選びながら、彼が数日前に陥った状態について話し始めた。

「アセトアミノフェンというのは、普通に使う分にはとても安全な薬で、解熱や鎮痛、つまり熱を下げたり痛みを抑えたりという作用があって、いろんな病気や怪我の症状を軽くするのに使われているんです」

「安全な薬なんですね？」

　野上は少し安堵《あんど》したように聞き返す。

「ええ、通常の量ならまず重篤な副作用が出ることはありません。でも、薬は薬ですからね。あまり大量に摂《と》ると、大変な副作用が出てしまうんです」

「大変な副作用？」

「はい。薬剤性肝不全。つまり肝臓が壊れてしまって機能を失い、助けるにはもう、肝移植しかなくなってしまうという、非常に恐ろしい副作用です」

「……つまり、死ぬところだったんですか、私は」

「はい。正直に申し上げて、危ないところでした」

　実はその『危ない』には、研修医の投薬ミスが関わっていたのだが、そのことには触れなかった。

　病院の失態であることは確かだが、白夜のおかげで事なきを得たのだから、というエクスキューズがあったのだろう。

　そして正式な勤務医ではなく、いわば彼が所属する医局からの預かり物とも言える研修医だったことも、理由の一つであるに違いない。

　とはいえ、中学の頃から正義感が強かった麻里亜にとっては、病院のミスを隠すような行為にはかなりのストレスを感じているに違いなかった。

だからこそ、その真摯《しんし》な表情には、真相の究明に立ち向かう覚悟があると思えた。

「どうでしょう。何か思い当たることはありませんか」

と、ここに来る前に薬局に寄って受け取ったポリ袋から、錠剤のシートを何種類か出して見せ、

「こんな感じの白い錠剤のようなものを、大量に飲む機会があったとか、間違えて飲んでしまったとか、あるいは誰かに飲まされたとか……」

「ありませんね。そんな覚えは」

麻里亜の言葉を遮るように、野上はきっぱりと言った。

椅子から腰を浮かせて覗《のぞ》き見ると、錠剤のシートには『アセトアミノフェン錠　500mg』と書かれていた。1錠で500mgも摂れてしまうなら、10錠で5000mgになり、そこにアルコール性肝機能低下と研修医の点滴が加わっていたら、かなり高い確率で肝不全を起こしていただろう。

「なんだか少し眠くなってきてしまいました。話はまた今度にしてよろしいですか」

と、野上は麻里亜から目を逸《そ》らすようにして、窓の方を向いてしまった。

医師は警察ではないので、患者をしつこく尋問する資格などない。

当の患者に露骨に拒否されてしまうと、ひとまず畳むしかないと思った麻里亜が、将貴の方を見た時だった。

「野上さん、あなたは殺されるところだったかもしれないんです」

野上と麻里亜のやりとりを黙って聞いていた白夜の、いきなりの爆弾発言だった。

4

ぎょっとなって野上が振り返った。

目は見開かれ、眉《まゆ》はつり上がっている。

やはり眠たいと言ったのは方便だったようだ。

「殺される？　私が？　誰にですか」

半身を起こして、気色ばむ。

「それを知りたいんです、私たちは」

白夜は麻里亜の手にある薬のシートを、勝手に取り上げて野上の前に差し出す。

「この薬に似た錠剤を、あなたは救急車で運ばれた日に飲んでいるはずです。それは誰にもらった薬ですか。自分で手に入れたものとは思えません。きっと誰かに渡されたにちがいない。どこの誰だったか教えてください」

止める間もなくまくし立てる白夜の遠慮のない言い方に、野上はたじろぐが、目を逸らして言い返す。

「どういう意味だかさっぱりわからん。だいたい私は誰かに殺されるほどの人間ではない。見捨てられこそすれ……」

何か言いかけたまま押し黙り、プイと窓の方に向いて布団をかぶってしまった。

「話を聞いてください、野上さん」

白夜は食い下がる。

「誰かがあなたを殺そうとした可能性があるんですよ。あなたの血液中からアセトアミノフェンという、大量に摂取すれば致命的な副作用のある薬が検出されているんです。それは放置すれば肝不全を起こしてしまう量でした。あなたが自殺を図ったのでなければ、誰かが飲ませたに違いないんです。その誰かを特定して警察に逮捕してもらわないと、退院したらまた狙われることに……」

「だめよ、白夜さん。それ以上は」

麻里亜が見かねて止めに入った。

「いったん質問は止めにして、今日はもう出ましょう。ね、お願い」

「止めるってどうして……」

言いかけて口をつぐむ。

「わかりました。ではまた明日にでも」

と、無表情になり俯《うつむ》きかげんに後ずさりする。そのまま倒れ込むのではないかと一瞬思えて、将貴は立ち上がり、支えるように後ろから両肩に手を置いた。

「大丈夫です、将貴さん」

将貴の意図を感じ取ったのか、すまなそうに言うと、しゃんと背筋を伸ばして、ひと足先にドアの方に向かった。

戸口で立ち止まると振り返って、

「また明日話を聞きにきます。お大事に」

と、頭を下げてさっさと出ていってしまった。

あぜんと見送ってから、まず麻里亜がクスッと笑いを漏らした。

「お大事になんて言葉、いちおう覚えたのね」

「そりゃあ、医大の5年生だからな、ああ見えて」

将貴も苦笑する。

「でも変わってないですね、本質は」

西島はなんだか嬉《うれ》しそうだ。

それぞれ、背中を向けて布団をかぶったままの野上に、軽く挨拶《あいさつ》をして病室を出て行った。

廊下では、少し済まなそうな顔で白夜が三人を待っていた。

麻里亜を見るとすぐに、

「すみませんでした」

と、頭を下げた。

「つい歯止めがきかなくなってしまって。あのまま、黙って病室に留《とど》まっていることもできなくて、先に出てしまいました」

「もう少しだけ我慢を覚えないと、研修医になってから苦労するかもよ」

麻里亜は苦笑いを浮かべたが、怒ってはいないらしい。

彼女はこの病院では唯一、白夜の過去、生まれ育った環境のことを全て知っている。まだこの世に出て他人と接してから、たった6年にしかならないと思えば、このくらいのことは仕方ないと、麻里亜も思っているのである。

「はい、頑張ります」

そう応《こた》えながら笑顔はない。素直なのか強情なのか、恐らく両方だろう。

そしてそれが彼女の生来の性質からくるものなのか、それとも幼さゆえなのか、将貴にもわからなかった。

「でも麻里亜さん、あの患者は何か隠しています。それは間違いありません」

DCTのミーティング室に向かいながら、白夜が言った。

「それは同意するわ。なんとか聞き出さないと先に進めないし、いずれまた彼の身に危険が及ぶ可能性もあるんじゃないかな」

「可能性は十分にあるね」

将貴も同じ意見だったが、記者あがりならではの直感もあった。

「しかし、彼がなぜ隠し事をしているのか、俺はその理由の方が気になるな」

「確かにそうね。なんでだと思う？　将貴は」

「誰かをかばっているんだろうな」

「かばう？　自分の命を危険に晒《さら》した人間をですか」

白夜が聞き返すと、将貴に代わって精神科医の西島が答えた。

「おそらく普段から、その人物に対して強い精神的依存状態だったんでしょう。アルコール依存症の患者はたくさん診てきていますが、理想的な自我を他者に投影することで、世話になっている誰かに心酔し惚《ほ》れ込んでしまう人もいます。また、普段は自己評価が低く空虚で他人から見捨てられることを恐れていて、その抑圧から解放されようとして飲酒を繰り返すケースが多いんです。そして楽天性と自己破壊衝動を繰り返す、つまりやけっぱち状態に陥り、人によっては死へのハードルが低くなっていく」

白夜は西島の話を聞きながら、宙に向かって本をめくるような仕種《しぐさ》をして、

「なるほど」

と言って腑《ふ》に落ちた顔をした。

「理解できました。アルコール依存症には、西島さんが言うようなケースが確かにあるようです。つまり死ぬことより、その死をもたらそうとした人物への依存を選びかばってしまうという、楽天的自己破壊衝動を伴った症例ということですね」

「あ、いやそれはその……」

何か言おうとした西島の方を見ずに、白夜は続けた。

「病的精神状態において、自分に害を及ぼす人間をかばう心理的現象には、監禁事件な

どで犯人を被害者がかばう、ストックホルム症候群と呼ばれるケースもあります。ただ、実際の事件を検証すると可能性は低く、多くても8%程度という調査結果も出ていますが……」

「白夜さん」

西島にしては珍しく、やや強い口調で白夜の話を遮った。

「僕の言い方が悪かったかも知れないですけど、それは半分正しくて半分間違ってるんじゃないでしょうか」

「……どういう意味でしょう」

また白夜が小首を傾げる仕種を見せた。

「アルコール依存症だけが原因じゃないってことですよ。もっと根深い何か……心の虚《うろ》というか、ぽっかり空いた空洞があの患者さんにはあって、元々はそれを埋めるための酒だったのかも知れません。ただそれが過ぎてしまって、逆に空洞を拡《ひろ》げることになっていて、そこに誰かが上手《うま》いこと入り込んできた。優しさというご馳走《ちそう》をチラつかせながら。だからアセトアミノフェンを大量に飲まされたかも知れなくても、それを悪意に取れない。むしろ善意のためにしたと思い込むことで、うやむやにしようとしてるんじゃないでしょうかね」

白夜は珍しく、黙って西島の話に耳を傾けている。

さきほど見せた空中で記憶の中の書物を読むような仕種も見せず、ただ真顔で彼の目を見つめてその言葉に集中していた。

「もしかしたら、アルコール依存症が悪化したことさえ、その善意の仮面を被《かぶ》った誰かの仕業だったのかも。そう考えると、アセトアミノフェン中毒とも繋《つな》がってきますし」

確かにそうだ。アセトアミノフェンの大量摂取で肝不全を起こさせるには、肝臓がアルコールで弱っていたほうが都合がいい。

ふと将貴の脳裏に、ある人物の顔が浮かんだ。もしかすると西島も、その人間のことを念頭に置いてこの話をしているのかもしれない。

「でも、あの患者さんが精神的に深く依存してる相手だとすると、本当のことを聞き出すのはかなり大変だと思います」

やはりそうだ。同じことを彼も感じていたのだ。

だから、珍しく力説しているに違いない。

「確かに大変そうですね」

思わず将貴が口を挟むと、西島は大きく頷《うなず》いて言った。

「ええ。何度も足を運んで、彼の心に寄り添う必要があると思います」

心に寄り添う。

将貴は、井の頭公園で槙村が白夜に伝えた同じ一言を思い浮かべていた。

それは診断医の心構えとでも言うべきか。

医師は見た目の症状や検査の数値だけから、患者の抱える広い意味での『病《やまい》』を見抜くことはできない。

真実は患者が見せる本質、聞かせてくれる本音にこそある。

槙村はそう言いたかったのではないだろうか。

残念ながら、今の白夜にはまだ難しい。

だからこそ――。

「麻里亜、その役割、白夜に任せてやってくれないかな」

「えっ、でもそういうの苦手なんじゃないかな、白夜さんは」

「大丈夫さ。やれる。そうだよな、白夜」

「……はい、任せてもらえるなら」

白夜にしては、少し自信なさそうな返事だった。

それはそうだろう。

おそらく彼女にはまだ、西島や槙村の言っている『患者の心に寄り添う』というテーゼの意味すらわかっていないのだから。

しかし、乗り越えなくてはならない。

白夜の素晴らしい天賦の才能を活《い》かしていくには、絶対にこの壁を。

「よし、決まりだ。大丈夫。もちろん俺も付き合うから」

「それならきっと、大丈夫ですね」

と、白夜は子供のように笑った。

他意はないのだろうけれど、ドキッとさせられる。

将貴は動揺を紛らせるように言った。

「俺は俺で、ちょっと思うことがあるんで、自分でも調べるし、また奥村にも頼んでみるよ」

そう。

徹底的に調べてやる。

あの安岡美保という女のことを――。

5

美保がその医者と知り合ったのは、年が明けて少し経った頃だ。借金のストレスで深酒が過ぎたことが原因で、軽い急性膵炎《すいえん》を起こして高森総合病院に入院した時のことだった。

猛烈な痛みでのたうち回ったわりに、さほど病状は重くなかったようで、三日間の入院で退院できたのだが、その間、何度も病室を訪れて丁寧に診察してくれた彼が、退院後に店に来てくれたのだ。

もちろん美保は歓迎して、普段出さないような高級酒を無理して開けてサービスした。大きな病院の医師なら常連になってくれるのではという期待もあった。

それからも彼は店に通ってくれて、遅くまで二人で飲むことになったある夜、閉店の札をかけた店内のソファの上で抱き合い、そのまま行為に及んだのだった。

何度か関係を持ち続けたある日、美保は自分の借金の相談を持ちかけた。かなりの額でこのままでは立ち行かなくなり、自己破産して路頭に迷うことになる。そう告白した美保には、医師である彼が救いの手を差し伸べてくれるのではないか、という期待もあった。

真摯《しんし》に話を聞いてくれた彼だったが、自己破産した美保を救うつもりはないと告げられた。その代わりに、彼女が借金をすべて返し、それでも残るそこそこの大金を使って、人生をやり直せるというアイデアを持ちかけてきた。

ただそれは、彼女にとって大きな賭《か》けであり、また良心の呵責《かしゃく》と闘う行為だったのだ。

自分のバーで一緒に飲んでいる時に、美保は彼に、ホームレスになったかつての同僚、野上一夫の話をしたことがあった。もし破産に追い込まれたら、自分もそうなるのではという焦りから出てきた話だったと思う。

銀座時代に一緒に働いていたバーテンダーの男が、井の頭公園で寝泊まりしているのを見たという事実に、彼は何か特別な興味を抱いたようで、根掘り葉掘り聞いてきた。

思えばその時から、野上を使って大金を手にする計画を立て始めていたのだろう。

彼は美保を説得するために、いかに多くのホームレスが苦しんだ末に、結局は長く生きられずに様々な病気を抱えて死んでいくか、自殺者がいかに大勢出ているかを語り、挙げ句に広い意味での殺人とも言える安楽死の正当性まで巧妙に混ぜこぜにして、閉店後のバーのカウンターに並んで座り、あるいはベッドで寄り添って話し続けた。

一億円もの大金を目的に、一人の初老の男をアルコール漬けにして、鎮痛解熱薬を大量に与えて死に至らしめることへの罪の意識を、なんとかして美保の中から追い出すために。

正当化できるはずもない悪事だったが、そうやって終末医療や貧困、自殺や安楽死など結びつけて語られるうちに、次第に良心が鈍麻していったのは確かだった。

ただ、人ひとりに保険金をかけて死に追いやる犯罪行為を拒絶できなかったのは、帰宅する際に通る公園でゴミを拾い集めて食べている痩《や》せ細った野上の姿を、毎日のように見続けたせいだったに違いない。

ああはなりたくない、という気持ちが、ああなったら人間はお終《しま》いだ、ああなった人間はもう、心のどこかで死にたいと思っているんじゃないだろうか、という身勝手な理屈へと歪《ゆが》んでいったのだ。

結局、一カ月ほど悩みに悩んだ末に彼の『提案』に乗ることに決めた時には、美保もすっかり悪魔に魂を売る覚悟を決めていたのだった。

美保が計画に加担することを決めた日から、彼は店にほとんど訪れなくなった。一緒にホテルに行くこともなくなった。

直接会うこと自体、ほとんどなくなって、携帯電話で話すだけとなってからの彼は、次第によそよそしい言葉遣いをするようになっていった。そうなってから感じたのは、彼はこういう犯罪が初めてではないに違いないということだ。

きっと前にも彼はやっている。莫大《ばくだい》な保険金をかけた人間を、医療を利用して死に追いやる行為を。

この日も彼は、用意した薬を美保に手渡す場所として、夜の井の頭公園の公衆トイレを指定してきた。

頭上を覆う黒い木の枝の狭間《はざま》には、音もなく飛び交う鳥のような影がたくさん見えた。鳥がこんな夜に飛ぶものだろうか、と彼を待つ間、目でそれらを追っていると、街灯の明かりに照らされてその正体がわかる。

コウモリだ。

無数のコウモリが飛んでいるのだ。

わけもなくゾッとする。

なんだか自分たちのしている冷酷な犯罪を、彼らが暗い空から見下ろしてあざ笑っている気がした。

早く用事を済ませて、この場から立ち去りたかった。

「お待たせしました、美保さん」

ほどなく彼は、暗闇の奥から湧くように現れた。

く振ってみせた。

「やりとげてくださいね、美保さん。心配はなにもありません。野上さんは病死になります。酒で壊した肝臓が、たまたまどこかでもらった薬の過剰摂取でさらに機能不全を起こし、その結果として別の症状を起こして……治療のかいなく亡くなる。ご遺体の引き取りの際には、泣いてあげてください。それが一番の供養です」

と、彼は後ずさりしながらボソボソと用件を伝え、ふいに背を向けると足音もたてずに暗闇に溶けていった。

コウモリの舞う漆黒の帳《とばり》の向こう側へ、幽霊のように——。

6

その朝、白夜は都心部の病院に出勤する晴汝よりも、ずいぶんと早くに起きたらしい。いつも通りに起きてきた晴汝が寝間着のままキッチンを覗《のぞ》くと、白夜はなにやら一人でずっと冷蔵庫のドアを開けたり閉めたりしていた。

開けてしばらく中を漁《あさ》っていたかと思うと、ため息をついて閉じて、またしばらくすると開けて同じことを繰り返す。

見かねて尋ねると、白夜は子供のように口を尖《とが》らせて言った。

「熱海プリンなんですけど、一つだけ人にあげるとしたら、やっぱりあと2個あるコーヒー牛乳味ですかね。それともDCTの皆さんにいま一つ人気がなかった、このだいだいソースと塩のプリンでしょうか。でも、私はこれ、けっこう好きなんですよね。美味《おい》しいと思ってます、すごく」

「それ、そんなに迷うこと？　なんども冷蔵庫開け閉めして……」

笑いを堪えて晴汝が訊くと、白夜は真剣なまなざしで言った。

「迷いますよ。コーヒー牛乳味を除くと、あとは全部残り一つずつしかないんですよ？　人にあげたら、もうなくなっちゃうんですよ？」

「また買えばいいじゃない」

「熱海まで行かないと買えないんです。いえ、種類によっては通信販売で買えるものもあるみたいなんですけど、なんだかそれって味が変わってしまう気がして」

「変わらないと思うけどな」

「だってこんな柔らかくて繊細な食べ物、宅配便で送ってきたら……」

「はいはい、わかりました。じゃあとりあえず、コーヒー牛乳味にしたら？　それなら2個あるんでしょ？」

「やっぱりそうなりますか……」

悲しそうに振り返り、また冷蔵庫を開けて考えている。

「一番好きなのね、それが」

「はい」

後ろを向いたままで、何度かうなずいてみせる。

「大丈夫よ。他のも美味しかったし、全部食べちゃうまでには、また熱海に行く機会があると思うよ」

「そうですかね……」

「そうよ、しょっちゅう行ってたじゃない、最近」

「でもしばらく病院実習が忙しくて行けないかもしれなくて」

「ぜったい行くと思うな。ところで熱海プリン、誰にあげるのかしら」

「患者さんです」

「えっ」

「これを食べさせてあげたら、きっと本当のことを話してくれると思って」

どうやら将貴が言っていた、肝臓障害で入院している患者のことらしい。

「えーっ、もう平気なの、プリンなんか食べさせて」

「大丈夫だと思います。二日間の絶食とその後の食事制限で肝臓関係の検査数値もかなり改善しましたし、出血傾向があったので血圧などはまだ警戒が必要ですが、甘いものをちょっと食べるくらいは問題ありません」

そういう話をするときは、また別人のようにキリリとするのが、傍《はた》から見ていると芸人の小芝居のようで面白い。

しかし彼女は、プリンに立ち向かう時のその子供染みた様子が、他人にどう見えているかなど少しも気にしていないのだ。

たまに一緒に町に出た時、日差しが苦手なせいで普段は必ずかけているサングラスを、天気によってたまにしないで歩いたりすると、ひっきりなしに若い男性が振り返り、ナンパしてきたりもするほどの美形なのだが、本人はまるで意に介さずに日々を過ごしている。

相変わらず関心のあることは医療と、あとは唯一の『趣味』であるプリンのことだけ。恋愛など、どこ吹く風なのだ。

でも。

晴汝は気づいていた。

兄、将貴がそんな白夜に惹《ひ》かれていることに。

いつからなのかはわからない。６年前に突然現れた彼女の捉《とら》えどころのない言動に、当時は将貴もただ翻弄《ほんろう》されているように見えた。しかしそんな日常で時折見せる純粋さ、物事の真実を射貫《いぬ》く言葉の一つ一つに、いつしか晴汝も強く惹かれていったのは事実だ。

将貴の想いも、そんな日々に育《はぐく》まれていったものなのかもしれない。ただそれを彼自身、忸怩《じくじ》たる思いをもって心に秘め続けているようだった。

外見はもうすっかり大人でひときわ美しく、そして圧倒的な医療の知識と診断能力、推論を導き出す感性をもつ白夜だったが、精神的にはまだ十代にも届かない幼さなのだ。そんな彼女に心惹かれている自分を恥ずかしく思っているのだろう。

晴汝は最近、ふと思うのだ。

いつしか、白夜に異性を愛する気持ちが芽生えたら。

その時の相手が、もしも兄であれば、心から応援してあげたいと。

だからもう、白夜に他の男性を紹介したりはしないと決めていた。きっと以前、それをやらかした時には兄もやきもきしたに違いないけれど。

そんなことを思いながら、まだどのプリンを持っていこうか迷っている白夜の背中を見ている晴汝に、階段の上から起きたばかりの兄が呼びかける。

「おーい、晴汝。俺のパンツ、引き出しに1枚もないんだけど！」

ため息をついて苦笑。

「いっぺんに洗濯に出すから、一度に洗ってまだ畳んでるとこなの！」

大声で返して、それらを取りに洗濯場に向かう晴汝には、白夜以上に兄の鈍感さが心配に思えたのだった。

7

高森総合病院に野上が入院してから、もう十日以上になる。麻里亜の配慮で退院まで個室を無料で使えることになっているが、本音では病院の投薬ミスで肝不全になりかけたことも、考慮してのことだろう。

担当医は自身の申し出もあって研修医の岩崎が務めていたが、補助として白夜も付き添うことになっていた。

形の上では岩崎が担当で白夜は補助ということになっているが、実質上の立場は白夜のほうが上なのは明らかで、ことあるごとに岩崎は白夜に『お伺い』を立てている。

誤診事件があった後になって、彼も白夜が病院内で伝説になっている診断の天才だと知ったようで、不遜《ふそん》な態度をとったことをひどく恥じ入っているようだ。

白夜が嫌がるので『先生』とは付けないで『さん』付けで呼んでいるものの、別の患者の診断でもわからないことがあると真っ先に彼女に訊《き》いたりする辺り、まるで師匠のように崇《あが》めている。

もしかしたら元来素直な性格なのかもしれず、鼻っ柱を折られたおかげでそれが出てきたのだとしたら、彼にとっては幸運だったとも言える。

最初の聞き取りの日以来、白夜は毎日必ず一度は野上を訪ね、なんとか彼の本音を引き出そうと頑張っていた。

彼女なりの誠意ある態度をもって接していたのだろうけれど、予想通りに苦戦しているようだった。

訪問二日目には、またストレートに野上が殺されかねなかったという事実をぶつけてそっぽを向かれ、一言もしゃべってもらえず。三日目にはその件は封印できたものの、何を話していいかわからず、世間話から入ってみたらどうかという将貴のアドバイスで天気の話をしてみたが、良くも悪くもない天気だったこともあって盛り上がらないまま。
四日目には、岩崎が痺《しび》れを切らせて聞き出してきた囲碁が趣味だという件を利用できないかと、ほとんど徹夜で勉強して学習し、ポータブル囲碁を持ち込んで対局を持ちかけた。

しかしもとより天才的な知能の持ち主の白夜は、たった一晩で覚えた囲碁で野上を完膚無きまでに叩《たた》きのめしてしまい、却《かえ》って関係を悪化させることになってしまう。

そして五日目の今日は、日曜日にまた海江田朝絵に会いに行ったついでに買ってきた熱海プリンを、何か一緒に食べながらでも話したらどうかという麻里亜の助言に従い、小一時間迷ったあげくに持ってきたのであった。

「さあどうぞ」

晴汝に借りた手提げから、宝物を扱うように二つのガラス瓶を取り出すとベッドサイドのテーブルに置き、狩岡家のキッチンから持ってきたスプーンを、ベッドで半身を起こしてぽかんとしている野上に渡した。

「熱海プリンっていうんです。これはその中でも人気のある『コーヒー牛乳味』なんですよ。コーヒーの香ばしさと牛乳の……なんていうか、ええと……」

「まったりとしたコク、かな」

味を表現する言葉などまだほとんど知らない白夜のために、離れて見ている将貴が助け舟をだす。

「そう！　まったりとしたコク！　そんな感じです。ともかく本当に美味《おい》しいんです」

「これをどうしろっていうんですか、雪村先生」

　将貴は思わずハッとなる。初めて、野上が白夜の名前を呼んだ。ネームプレートに雪村白夜と書いてあるのだが、彼は一度も名前で呼んだことがなかった。

　不器用ではあるが、毎日のように通っていた効果は、多少なりとも出ているのかもしれない。

「あの、ええと……」

　一瞬白夜も戸惑うが、ベッドの脇の椅子に座って意を決したように言った。

「私と一緒に食べませんか」

「遠慮します」

　即答だった。

「私は呑兵衛《のんべえ》でね、甘いものはツマミのドライフルーツくらいしか食べないんです。すみませんが……」

　言い終わらないうちに、白夜は自分の分のプリンを開けてスプーンを瓶に突っ込んで食べ始める。

　そして、大きな両の瞳《ひとみ》から、ぽろぽろと涙を流し始めたのである。

　だいぶ前にも、白夜がふいに涙を流したのを見たことがあった。彼女が自らの育ちについて話してくれた時のことだ。とてつもなく重たい涙だったと思う。

解き放たれた現実世界とのギャップに戸惑いながらも、自分が置かれていた絶望的な境遇を、悲劇だったとようやく認識できるようになった彼女の心に、湧き出してきた煩《はん》悶《もん》が涙として溢《あふ》れたのだろう。

しかしこの涙はそれとは違う。

ある意味でもっと人間的で感情的な、女性らしく可愛らしい、幸福な涙だった。

慌てて近づこうとする岩崎を腕で制して、将貴は目配《めくば》せで彼を黙らせる。

「……美味しいのに」

少し洟《はな》をすすり、白夜はぼそぼそとしゃべりながらプリンを口に運ぶ。

「こんなに美味しいのに、なんで食べてくれないんですか。ぜったいに喜んでくれると思って持ってきたのに……」

「ご、ごめんなさい、食べます。いただきます」

野上が慌てたようにテーブルの上のガラス瓶を拾い上げ、不器用に蓋《ふた》を外して手渡されていたスプーンを使って食べはじめた。

「確かに美味しいですね、これは。なるほど、コーヒー牛乳か。懐かしい味だ。子供の頃に私もよく飲みましたよ、コーヒー牛乳」

「ほんとですか。コーヒー牛乳って、私飲んだことないです。名前は知ってるけど」

今度は微笑んだ。幸福な涙は笑顔と紙一重なのだ。

「えっ、ないんですか飲んだこと。今のひとは、子供の頃に売ってなかったんですかね、学校の売店とかに」

「あっ、いえ、どうでしょうか」

白夜は小学校も中学校も通ったことがない。ずっと白い無機質な施設の中で過ごしてきたのだから。

しかし、そのことを「言いにくい」と感じた彼女には、確かに人間としての成長が感じられる。出会ったばかりの頃の白夜なら、淡々と学校というものを知らない、自分は行ったことがないと口にしていただろう。

「こういう味の飲み物なんですね。まだあるんでしょうか、コーヒー牛乳」

と、楽しそうに白夜はまた一口プリンを食べた。

「もちろんありますよ、今だって。スーパーにだって、売ってるんじゃないかな。今はいろいろ美味しい飲み物があるから、あんまり人気ないかもしれないけど」

野上も付き合ってなのか、たぶんそれほど好きではないだろうプリンを口に運んで、しきりにうなずいている。

「しかし、かなり甘いですね。美味しいけれど」

「はい、甘いです。でも甘いだけじゃないんですよ。少し香ばしくてまったりとしたコクがあります」

と、さきほどの感想を繰り返す。

野上は笑って、

「私は呑兵衛だから、同じ甘い物でもちょっと歯ごたえがあって酸っぱ味があるのが好みでね。ドライマンゴーってわかりますか。果物のマンゴーを干したやつで。私は生まれが宮崎で、その後に博多に15年住んでから東京に出てきてるんですが、マンゴーは宮崎の特産物ですからね」

こんなに話す人なのかと驚いた。

野上が入院してから、将貴も白夜に付き合って毎日のように会っていたが、ほとんど話すのを聞いた覚えがない。

必要最小限の言葉しか口にしなかった彼が、こんなに滔々《とうとう》と自分のことを話し始めるとは、正直思っていなかった。

心を開き始めたのは間違いないが、かと言って今すぐに自分の命を狙ったかもしれないにも拘《かか》わらずかばっているような相手のことを、ぺらぺらとしゃべりだすとも思えない。今の白夜とのやりとりから見ても、彼はそういうことのできない、律儀な人間に違いないと将貴は感じていた。

タイミングが大事だ。

話させるために手土産を持ってきたのは、彼も重々承知しているだろうから、それを鑑《かんが》みても、白夜のことは信じるに値すると感じてもらわなくてはならない。

その上で、白夜が野上に対して行われた理不尽で冷酷な『殺人未遂』について、わかりやすく話して聞かせる必要がある。

そんなことを考えながら、野上と白夜の目的を忘れてしまったかのような会話に耳を傾けていると、ふいにドアがノックされた。

「あ、はい」

野上が返事をすると、そろりとドアが押し開けられた。

顔を見せたのは、麻里亜ともうひとり、副院長の水樹冬星だった。

「白夜さん、やっぱりここだったのね」

と言いつつ、麻里亜は野上と一緒にプリンを食べている白夜を見て、意外そうな顔をした。

野上が心を開いた様子なのもそうだが、白夜の嬉《うれ》しそうな笑顔に驚いたのかもしれない。

「あ、麻里亜先生。おはようございます。もうひとつ、持ってくればよかったですね、プリン」

そんな言葉が返ってくると思っていなかったに違いない麻里亜は、将貴に何があったのか目で問いかけてくる。

「まあ、こういうことさ」

将貴はそう言って立ち上がり、戸口に立ったままの麻里亜と水樹に近づいて、廊下に出るように促した。

一緒に出て後ろ手にドアを閉じると、麻里亜は小声で尋ねてくる。

「どういうことなの？」

「まあ細かい話はあとにしよう。それより何か急用か、水樹先生と二人して」

親しげに二人してやってきたことに、軽く水を向けてみたが、麻里亜は意に介さずに真顔で用件に入る。

「それがちょっと厄介な話なの。院長から呼び出しがあって……実は白夜さんのことなのよ」

「えっ、白夜の？　何か問題でもあるのか、彼女に」

「そう院長はおっしゃってるんですよ、将貴さん」

水樹が割り込む。

「そもそも彼女はこの病院に学生として実習に来てるのに、なぜＤＣＴと一緒に診断協議に参加して特定の患者の担当にまで帯同しているのか、と言われてしまったんです」

「それは……」

困って麻里亜を見ると、彼女も苦笑いして、

「里中院長は半年ほど前にうちにいらしたばかりだから、白夜さんのことはご存じないんで仕方ないとは思うんだけど……」

「その話もしてもらって、納得してもらえないかな。特に今、こちらの野上さんの件では、彼女も本当に頑張って毎日通って、ようやく打ち解けられたところなんだ」

「私もそう思って、院長先生には掛け合ってみたんですが、意外と頑《かたく》なで……」

と、水樹。彼も困っているようだ。

「ともかく、白夜さんも一緒に、院長室に来ていただけないかと思って、連れにきたってわけなんです」

「……わかりました。ここで待っててください。すぐに呼んできます」

と、将貴は急いで病室に戻った。

8

豪華な作りの新しい院長室のアームチェアに座って、里中院長は白夜が来るのを待っていたが、麻里亜、水樹、将貴も含めた四人がドアの近くで入らずに立っているのを見ると、

「ああ、すまないね、お呼びだてしてしまって。どうぞどうぞ、ソファに座ってください。四人だとちょっと狭いかもしれないが」

と、自分も立ち上がって一人がけのソファに移った。

院長室が新館に移ってからは将貴がそこを訪ねることはなかったので、この時が初めての訪問だ。なるほど、麻里亜が言っていたように、大きな窓からは隣の建物しか見えず、緑といえるものは、大きなパキラの鉢植えくらいだった。

「なるほど、君が白夜さんか。ずいぶんとお綺麗《きれい》な方ですな。あ、いや今はこういうのは、セクハラに当たるのかな」

愛想笑いするその顔はゴルフ焼けなのか真っ黒で、左手だけがやけに白い。ゴルフ用のグローブをしているからか。

「どうかね、勉強は進んでいますか」

思った通り、白夜のことをただの医学生扱いしているようだ。ALSの研究と治療では日本を代表する権威だということで、港医科大病院では脳神経内科部長を長く務めたあと、副院長まで上り詰めたというが、その肩書からしても権威主義に染まった古いタイプの医者なのだろう。

白夜はこういうタイプの医師と会話したことがあまりないせいか、人ごとのようにキョトンとして答えた。

「勉強はもちろん欠かさずに続けています。医療は本来、どんどん知識をアップデートしていくべきなので」

「知識のアップデートね。それは賛成ですよ、私の専門はALSですが……」

「よかったです」

白夜は里中が一瞬、間を挟んだすきに言葉の続きを待たずに、持論をまくし立てる。

「今後は日本も、アメリカのように数年、せめて10年に一度の医師免許の更新を課すべきだと思います。時代遅れになった知識で診療を行えば誤診を招きますし、新しい治療法を知らずに患者を見殺しにしてしまう可能性もあります」

苦笑いを浮かべて戸惑っている里中を見て、将貴は笑いを堪《こら》えていた。おそらく自分の専門のALSについて、ちょっとした自慢話をするつもりだったのだろうけれど、出端《では な》をくじかれてしまったようだ。

「白夜さん、今日はそういう話をしてもらうためにここに集まったわけじゃないと思うのだけどな……」

思わず水樹が口をはさむ。

「実は院長先生は、君にあの野上さんの担当を外れてもらいたいとおっしゃってるんだ」

「それはなぜでしょうか、院長先生」

白夜の表情が固まる。

里中は身をのりだして、

「いやいや、そもそも白夜さんは学生で、病院実習にいらしてるわけでしょう。DCTでは戦力になっているそうで、ありがたい限りだが、学生の本分は勉強です。一カ月という限られた期間なのだから、いろんな科を横断的に経験してもらって、卒業されて医師になる準備をして頂きたいんです」

「DCTでの仕事こそが私にとって、医師になるための一番の準備だと思ってます。そして野上さんの件は、ただひとつ確定できていない診断みたいなものなんです。あの人が誰になぜ命を狙われたのか、それを突き止めるのは、病気の確定診断と同じくらい大事なことだと思います」

「白夜さん……」

苦笑いする里中が、ちらりと横目で水樹を見た。

それを受けて水樹が言った。

「言いたいことはわかるが、学生を預かる病院側としては、いろんな経験をさせてあげるべきだと考えるものなのだよ。その点では院長先生のおっしゃる通りかな、と私も正直思ってしまう。もちろん君の素晴らしい診断能力はこの病院のために使って頂きたいが、DCTの先生方だって普段はそれぞれの科で活躍しているんだ。西島先生は精神科だし仙道先生は脳神経外科、夏樹先生は皮膚科の部長でもある。どうだろう、この機会に容体の落ち着いた野上さんのことは岩崎先生に任せて、君もDCTで集まる傍らいろんな科、たとえば産科や精神科なども経験してみて、手術の立ち会いなどもやってみることで、今後の専門医選択の参考にしてみては。案外、考えが変わることだってあると思うが」

「ありません。私は診断医になります。つまり2018年に19番目の新しい専門領域となった、総合診療医を目指します」

きっぱりと言い切る白夜に、水樹もたじろぐしかなかった。

「そこまでの覚悟があるなら、仕方ないね」

ため息をついて里中を気にしながら、水樹は言った。

「とりあえず白夜さんにはDCTを中心に実習を続けてもらいましょう。ただし、患者の負担も考えて野上さんの病室を訪ねるのは、一日一回でお願いします。しかもなるべく短時間にしてください。それでよろしいですか、院長先生」

「そうだね。水樹先生がいいなら、私もそれでかまいませんよ」

里中は面倒くさそうにうなずいた。

9

里中院長の『面談』が終わると、連絡をとりあってDCTはミーティングルームに集合した。

「へぇ～っ、あのタヌキ院長を引かせちゃったんだ、白夜ちゃん」

と、夏樹が手を叩《たた》いてみせた。

「水樹先生が間に入ってくれたおかげよ。バランスのいい人だから」

「相変わらず絶賛ですね、麻里亜先生はあの人のこと。院長も自分が引っ張ってきて副院長に据えた人だから、まあ立てざるを得ないってとこですかね」

仙道が言った。

「あの先生、6年前までは脳外の執刀医だったんですってね。なんで切るの止めて内科にいっちゃったんだろうな。どこかの病院で大きな失敗でもやらかしたかな」

どうも仙道は水樹をあまり良く思っていないらしい。同じ脳神経外科の出身ということもあるのかも知れない。同属嫌悪とでもいったところか。

「そういうこと言わないの、仙道先生」

と、麻里亜がたしなめる。

「彼がいてくれなかったら、今よりもっと里中院長にいろいろと勝手なことされてると思うな、あたしは」

「そうでしょうか」

西島が遠慮がちに言った。

「里中先生は今でも十分に勝手なことをしてると思いますよ、僕は。精神科の薬までケチ付けたり、本当に迷惑で仕方ないです」

「精神科の薬？」

白夜が食いついた。将貴もピンと来た。槙村が言っていた、港医科大病院の話だ。

「もしかすると三環系の抗うつ剤を出すように指示されたんですか。トリプタノールをアルコール依存で偏頭痛の患者に」

「よく知ってますね。その通りですよ。アルコール依存で頭痛もちというのは、確かにまあまあ多い病態なんですが、だからって患者に出す薬を統一するって、どういう意味があるのか僕にはさっぱりわかりません。トリプタノールは便秘になるし、パーキンソン様症状が出ることもあって、予防に出す抗コリン薬にも、便秘の副作用があるんで、便秘薬まで処方しなくちゃならないこともあります。無駄な多剤投与になりがちで、あまり使いたくないんです、本当は僕は」

同じことをやっているのだ、港医科大病院の副院長だった時と。

思わず白夜と顔を見合わせた。

「何かあったの、お二人さん」

にやついていた夏樹が真顔になって尋ねる。

将貴は先日、槙村から聞いた一件を、ＤＣＴの全員に事細かに話して聞かせた。

「高マグネシウム血症か……」

ため息まじりに夏樹がつぶやく。

「患者が一人亡くなったってのに、懲りずに同じ投薬ルールを、うちにも持ち込んだってことかい。それは勘弁だな」

「そんな単純な話でしょうか」

白夜が言った。

「もしその港医大病院の出来事が、野上さんの身に起こったアセトアミノフェン中毒と同じロジックで故意に起こされたんだとすれば、大変なことだと思います」

「同じロジック？　どういう意味だよ、それ」

「野上さんは誰かにアセトアミノフェンを大量に飲まされていました。アルコールで弱った肝臓にそれは毒として作用し、そこにさらにタイミング悪く研修医がアセトアミノフェンの点滴を1000ミリグラムも投与したんです。気づかずにいたら、時間を置いてさらにもう1000ミリ点滴していたかもしれない。そうしたら間違いなく肝不全に至っていたでしょう」

「それと同じロジックってこと？」

「はい。病院で出される薬が何か承知している誰かが、同じものをさらに何らかの方法で患者に飲ませることが出来たら、高い確率で中毒や、港医大病院の症例ならマグネシウムが腸管吸収されてしまうような極度の便秘を起こせるんじゃないでしょうか」

「おいおい、それって殺人じゃん」

「その可能性は十分にあると思ってます」

「未必の故意による殺人ってやつだな」

　将貴の言葉を、白夜が問い返す。

「なんですか、ミヒツノコイって」

「法律用語だよ。必ずしもそうなるとは限らないと考えながらも、なってもかまわないと思ってるケースを言うんだ。この場合は殺意は確実にあって、そのための医薬品をターゲットに飲ませてる。しかし、飲ませたのは毒ではなく医薬品だ。それによって100%相手が死んでくれるとは限らない」

「でも実質上は毒と同じ効果を発揮しているはずです」

「確かにそうだ。でも医者も同じ薬を投与してるのがミソさ。野上さんのケースで言うなら、アセトアミノフェンを点滴した岩崎医師には、殺意はなかったわけだからね」

「こ、巧妙っすね……」

仙道が声を震わせた。

確かに巧妙だ。

もし仮にこれがすべて里中の仕組んだ計画だとするなら、彼は病院の投薬ルールを支配することによって、無関係な医師を動かして狙い通りの薬をターゲットの患者に飲ませるという、二重にもってまわったことをして殺意をうまく隠蔽《いんぺい》していることになる。

木の葉を隠すなら森に隠せ。殺意を隠すなら、人の死がありふれている病院に隠せ、ということだ。

「本当に巧妙だと思います」

西島が冷水を浴びたような顔で言った。

「人間心理的にみて、そのやり方は罪の意識を著しく減らす効果もあります。犯罪を医療行為に紛らせて、しかも一部を他人にやらせてしまうことで、殺人を犯すという良心の呵責《かしやく》から逃避できてしまう」

「でも、目的はなんなの？　その便秘の患者にしても普通の老人だったわけでしょう。野上さんだって……」

麻里亜はいま一つ納得いかない様子だ。

しかし、将貴の中にはすでに一つの可能性が持ち上がっていた。

保険金殺人である。

高マグネシウム血症で亡くなった高齢女性にしても野上にしても、もしかすると誰かに、多額の保険金をかけられていたのではないだろうか。

だとすれば、その受け取り人は——。

10

奥村からの電話が入ったのは、DCTのミーティングが終わったすぐ後だった。

どうもなにか重要な話があるようで、ちょうど将貴もまた相談事もできたので、早急に会おうということになった。

麻里亜と白夜も同行していいかと訊《き》くと構わないということだったので、病院のすぐ近くのカレー屋で軽くランチしながら話すことにした。

白夜が育ったというあの奇妙な施設を訪ねた時以来、5年ぶりの顔合わせだったが、白夜は相変わらずの淡々とした対応で、奥村の方も、

「相変わらずの美白《びはく》ぶりだねえ、白夜ちゃんは」

などと、社交辞令なのか素直な感想なのか一言口にしただけで、すぐに席について食事の注文をとり始めた。

こういう辺りが、やはり刑事らしさなのだろう。

インド人が経営する本格的なカレーの店で、カレーと合わせてナンを選ぶことも出来たので、女性二人はナン、男二人はライスを頼んだ。

麻里亜の勧めでナンを選んだ白夜は、カレーにあの薄っぺらいパンのようなものを合わせるのがいたく気に入ったようで、ダイエットのために麻里亜が半分残した分をもらって食べていた。

プリンのことといい、白夜はどうも食に目覚め始めているのかもしれない。ただ普段は粗食で、庭で採れた野菜ばかり食べている。

特にダイエットなど考えたこともなさそうなのだが、体形は出会った6年前と少しも変わっていない。

全員がカレーを食べ終わる頃には、DCTの面々と話した疑惑について、奥村にほぼ話し終えていた。

彼は警官としての習い性なのか、余計な質問や誘導はせずに、黙って将貴と麻里亜の話に耳を傾けていた。

「……なるほど、だいぶキナ臭い話になってきたな」

食後のコーヒーを啜《すす》りながら、奥村が言った。

「てことは、その里中っていう医者の身辺を洗えって話か、お前の次の頼みは」

「ああ、多額の借金があったって噂もあるし、交友関係なんかも洗えば何か出てきそうじゃないか」

「う〜ん、そいつはさすがに、ちょっとまだ今の段階じゃハードルが高いな。順番からいうと、その便秘がもとで死んだ患者っていうのが、果たして命を狙われる理由があったかどうか、つまり高額の保険金をかけられていたかどうかを調べるのが先だ。それがお前の推理どおりだったら、いよいよキナ臭い。里中のことも内偵する許可が降りるだろうな」

「いっきにそこまでいけそうなのか」

「ここからは俺の方の話になるが、お前に頼まれた野上一夫の身辺調査。あれ、ビンゴだったよ」

「ビンゴって？」

「野上一夫の勤め先は『バー・M』っていう吉祥寺の飲み屋だ」

「ああ、それはわかる。先日そこのママだっていう女がお見舞いに来ててね。名刺を渡された」

と、将貴は鞄《かばん》から財布をだして名刺を取り出して奥村に見せる。

「なるほど」

スマホを出して名刺の写真を撮りながら、奥村は何がビンゴだったのかを話し始めた。

「この女のやってる株式会社ピースヒルズって会社が、野上に保険をかけてやがった」

「保険？」

「生命保険を。それも金額は1億」

「1億も保険を？　あんなただのバーテンのジイサンに？」

「将貴さん、その言い方よくないです」

白夜にたしなめられた。

「あ、すまん……」

ちょっと驚いた。白夜がこんなことを口にしたのは、知る限りでは初めてだ。患者に対して、命を救いたいという本能のような感情以外は、思い入れることの少なかった彼女が、あんな平凡な初老の男に、何か特別な情のようなものを抱いているのだろうか。

「と、ともかくあの野上さんに1億の保険をかけてるっていうのは、どうみても……」

「お前の言うように、保険金詐欺の可能性は十分にあるだろうな」

「いやキマリだろ。令状とって調べるってわけにはいかないのか」

「馬鹿いえ。法人が従業員にちょっと高額の保険金をかけることなんざ、よくある話なんだよ。まあ、たいていは危険な仕事をさせるにあたって、何か起きた時の賠償金をそこから払うとか、そんな理由なんだが」

確かに芸能事務所が所属タレントのチャームポイント、たとえば大きなバストなどに保険をかけたりするのは、マスコミ業界にいても耳にする。

しかし、野上はただのバーテンダーだ。1億もの保険をかける理由が見当たらない。

「とはいえ、真っ黒けなのは確かだ」

奥村はコーヒーをぐいと飲み干して言った。

「儲《もう》かってる会社ならば、傷害保険を従業員にかけて保険金を経費にして使うこともあるだろうが、安岡美保の会社は赤字で、しかもかなりの借金を抱えてる」

「だったら……」

「いや、まだ全然だめだ。お前の言う医療がらみの事件だとするなら、その里中っていう医者とのつながりでも見えてきたら、話はまた別なんだがな。いやそれどころか、東都大学付属病院で起きたっていう、その投薬ミスによる死亡事例も、殺人の可能性が出てくる。でっかいヤマだぞ、そうなったら」

「なんだか怖い話になってきたわね」

ずっと黙って聞くだけだった麻里亜も、黙っていられなくなったのか口を挟んできた。

「港医大病院のことなら、槙村先生に頼めばいいんじゃないかな」

「誰だそれは」

「そっか、奥村くんは知らないのか。あたしと将貴の共通の知り合いで、子供の頃から家族ぐるみでつきあってた人なの。今でも港医大病院の現役の部長先生で、理事でもあるから、高マグネシウム血症で亡くなった患者の身元くらいはすぐに調べてくれると思う。そうしたらまた、奥村くんなら、元の勤め先とか生命保険のことなんかも簡単にわかるでしょう？」

「まあ、そんな簡単にってわけにいかないが、なんとかする。それより、将貴に頼みたいことが出てくるかもしれん」

「えっ、俺に？」

「ああ、この名刺にある携帯のことなんだがな」

と、奥村はスマホの検索エンジンで、その携帯番号を調べ出す。

「出たぞ。ラッキーなことに日本グローバル通信——海江田誠の会社だ」

ネット検索で番号からキャリアがわかるとは、将貴も知らなかった。さすが蛇の道は蛇である。

「海江田さんの？　おい、頼みってまさか」

「将貴お前に、この携帯の通信記録を調べてほしいってことさ」

「そんなの警察なら出来るだろうが」

「令状があればな。現段階じゃとても無理だ。そこまでの権限は警察にもない。まして俺はいち所轄の刑事だぜ」

「し、しかし……」

「海江田にはたっぷり恩を売ってるだろうが。断りゃしないよ、お前と白夜ちゃんの頼みなら、な……」

にやり、と白夜に向かってコーヒーの飲み過ぎで黄色くなった歯を見せて、奥村は伝票を手に席を立った。

11

白夜の病院実習が休みの日曜日を待って、将貴たちはまた熱海に向かった。先週の日曜に続いての訪問だが、海江田は歓迎してくれているようだ。ただ、折入って話があると言うと、すぐにビジネスマンの声色になり、

「その話は来てくれた時に、シャンパーニュでも飲みながらゆっくりしよう」

と言われた。

例によって熱海駅の商店街に立ち寄り、熱海プリンをしこたま買い込んで、手土産の分以外は将貴が持って海江田の『私設病室』に赴く。

海江田は娘の病室で、シャンパンをクーラーで冷やして待っていてくれた。

白夜に対してはまだ少しぎくしゃくしているが、将貴を見つけた時は素直に嬉《うれ》しそうに笑っていた。この病室でほとんどの時間を過ごしている彼にとっては、たまにくる良い飲み相手なのかもしれない。

白夜がまた朝絵にプリンを食べさせながら、話を始めたのを見届けると、将貴と海江田は窓際の大きなソファセットを二人で占めて、電話で軽く伝えた頼みごとについて語りはじめた。

白夜が救急外来で運び込まれた初老のバーテンダーを救ったことがきっかけで、将貴

たちが保険金殺人疑惑に踏み込もうとしていること、その真相解明のために日本グローバル通信でキャリア契約された、ある携帯電話のアクセス記録を知りたいということ。とりあえず詳細は抜きでその二点だけ伝えて、情報が知りたい安岡の名刺をテーブルにおいて、

「よろしくお願いします」

と頭をさげると、海江田は腕組みし天井を見上げて唸《うな》った。

「警察は動いているのかな」

「ええ、ただし僕の友人関係から内偵してもらってる段階です。令状はまだ取れないと
思います」

「令状なしでは、出せない情報だな、それは」

「はい、承知してます。だから、海江田さんにお願いするしかなくて」

「ユーザーの個人情報を第三者に漏洩《ろうえい》するというのは、重大なコンプライアンス違反な
のだよ。簡単にはウンといえない話だ。せめてもう少し、そのユーザーが保険金殺人に
関わっているという、決定的な情報でもあれば、私の責任で内密に調べさせることは可
能なんだがな」

「その情報なら、もう少しで話してもらえると思ってます」

ふいに白夜が割り込んできた。

「その番号の持ち主に殺されかけた人と、ずっと話してるんです。ようやく自分の話を

してくれるようになって。まだ肝心な話まではいけてないんですけれど、きっともうじき、話してくれると思います」

「しかし白夜さん……」

「お願いします、海江田さん！　ここで止めないと、野上さんはまたきっと命を狙われます」

「野上というのかね、その患者は」

「はい。最初、何を話していいのかわからなくて。でもそのうち、少しずつ……」

白夜は嬉しそうに微笑んで言った。

「心に寄り添うことができるようになってきた気がするんです。それなのに、このままじゃ……」

白夜は変わった。いやまだ、変わってきたという段階か。でも確かに、実習生として戻ってきた高森総合病院での臨床を経験して、彼女は一歩ずつ前に進み始めている。

臨床とは、床《とこ》、つまり患者の横たわるベッドに臨むことを言う。

白夜の医師としての人生が、ようやく始まろうとしている。

将貴はたまらなくワクワクしていた。

「私はあの人を……患者を誰も死なせたくないんです。そう……朝絵さんのことだって……」

「聞いたのかい、朝絵から」

「はい。もう尊厳死を選びたいって。でも、本当にそれでいいんでしょうか」

「えっ」

「プリン、食べてるんですよ、朝絵さん。まだ食べられてるんです」

思わずベッドの朝絵を見た。もう首も動かせない彼女の目は、天井を見つめたままだった。しかし、その意思は間違いなく、白夜を見ていた。白夜の言葉に耳を傾けていた。

「いやしかし、朝絵の意志は固くて……」

「気になることがあるんです」

白夜はふいに話を変えた。いやもしかすると、彼女の中では野上の件も朝絵のことも、一つのロジックでつながっているのかもしれなかった。

「教えてもらえませんか、その主治医……いえ、そうじゃなくて、朝絵さんが最初にALSの診断を受けた時の担当医を。その時の資料が見てみたいんです」

「どういうことかな、それは」

「それ、誤診かもしれません」

「なんだって？」

「教えてくれませんか、どこの病院でどういう医師の診断だったか」

海江田はまだ手に持っていたシャンパングラスを落としそうになり、慌ててテーブルに置いた。

見ると朝絵も、かろうじて動かせる瞼《まぶた》をなんども瞬かせている。

「30年近くは前のことだと思いますけれど、憶《おぼ》えてますよね」

仮に白夜の実年齢を二十四歳とすると、おそらくそれくらい前の話だ。

「それはもちろん。その瞬間の言葉の一つ一つまで克明に憶えているよ。そう、あれは白夜さん、君が通っている大学の病院だった」

「港医科大学附属病院……ということですか」

「うむ。当時、ＡＬＳに関する世界的な論文を次々に発表し、まだ三十代の若さで教授に抜擢《ばってき》された先生だったよ。名前は……」

「里中賢蔵」

白夜がその名前を口にした時、将貴の中でいくつもの出来事が、一つのイメージとなってつながっていく気がした。

それは、患者の命というものをどこか遠く高いところから見下ろし、名誉や欲得、金でその重さを計ろうとする人間たち、彼らの傲慢《ごうまん》さを表す映し絵だった。

「その通りだ。なぜわかったのかね」

「高森総合病院の現院長です。ＡＬＳの権威で港医大附属病院の副院長だった。そして野上さんがアセトアミノフェン中毒を起こす原因を作った人」

ふいに黙り込んで何か考え始めた白夜に代わって、将貴が続けた。

「彼は港医大病院にいた頃に、今回と同様に投薬のルールを不自然に規定して、それが遠因となって少なくとも一人の患者が亡くなっているんです。似たような目に遭わされかけた野上さんの件といい、彼は何か隠している。それが原因で患者が命の危険に晒《さら》されてます。海江田さん、どうか力を貸してください。お願いします！」

そこまで言い切り、立ち上がって直角に頭を下げていても、迷っているのか返事のなかった海江田の背中を押したのは、黙考状態から戻ってきた白夜の一言だった。

「海江田さん。朝絵さんは、本当に助かるかもしれません」

「助かる？　それはどういう意味で助かるのかね？　このままの状態でなんとか命を永らえることが出来るというだけでは、もはや……」

「いいえ、違います。完治する可能性があるということです」

海江田は糸の切れたマリオネットのように、よろよろとソファにへたり込んだ。

「完治する？　朝絵が？」

「まだわかりません。でも調べる価値はあると思ってます」

「……なんでも言ってくれ。私に出来ることは、なんでもする。手始めに、その名刺の携帯番号の通話記録だったな」

と、海江田はテーブルに置かれたままの安岡の名刺を手に取ると、自分のスマホを出してかけ始めた。

普段はほとんどSNSかせいぜいメールしか使わないと聞く海江田だったが、こういう時はやはり電話なのか。秘書につながると、その場で通話記録のあぶり出しを命じたのだった。

12

男性と二人きりでディナーなんて、何年ぶりだろうか。もう来年には四十の大台に乗るというのに。

我ながらなんと色気のない生き方をしているのだろうと苦笑しながら、食事に合わせて運ばれてきた3杯目のワインの香りを嗅《か》ぐ。

「いい匂いですね、水樹先生。なんていうワインなんですか」

「アンヌ・フランソワーズ・グロという女性の作り手の、リシュブールという畑のワインです。こんな素晴らしいワインをペアリングで出してくれるレストランがあるなんて、吉祥寺も捨てたものじゃないですね」

水樹はなかなか飲もうとせずに、香りばかり楽しんでいる。

よほどワインが好きなのだろう。

「ワイン、お詳しいんですね、先生は」

「ああ、いやそれほどでもないですよ、好きなだけで。まだ覚え始めてから、ほんの5年ほどですから」

「そうなんですか」

意外だった。10年以上も花形の脳神経外科医だった水樹のことだ、ワインなど一緒に嗜《たしな》む各界の名士たちとも交流があるのかと、勝手に思っていたのだが。

「外科から内科に鞍替《くらが》えした時に勉強しなおそうと思って、2年ほど海外を転々としたんです。大変すぎて心が折れて戻ってきちゃいましたが」

苦笑しながら、ワインを一口飲む。

「おお、味わいも本当にエレガントで、花畑にいるような気持ちになりますね」

「よかったです、喜んでいただけて」

「今夜は誘って頂いて本当にありがとう。女性に奢《おご》ってもらうというのも不思議な気持ちだが……」

それは麻里亜の方も同じだった。

長身でお洒落《しやれ》な水樹はナースの間でも人気が高く、麻里亜の目からも確かに魅力的だ。脳外科医というハードな仕事を10年以上もこなしてきたからなのか、内科医に転じた今もどこか達観したような佇《たず》まいである。

一時期は麻里亜も男性として少し意識したが、どうも彼のほうはあまり関心がなさそうなので早々にあきらめた。

そもそも、彼がナースや事務も含めた病院関係者の女性を、飲みに誘ったなどという噂は、いっさい聞かない。

仕事抜きのプライベートが、まったく見えないタイプなのである。

「ところで麻里亜先生、お話というのはなんでしょうか。もう頼み事でもなんでも聞いてしまいそうですよ、このワインのおかげで」

「ええ、実はいくつかあって……ひとつは、DCTの件なんです」

「診断チームですか。白夜さんがきて、また次々と成果を出してると聞きますが」

「よろしかったら、先生も加わっていただけないでしょうか」

「わたしがですか」

水樹は意外そうに眉《まゆ》を上げて、

「かまいませんが、どうしてでしょう。今までメンバーチェンジはなかったと聞いていますが……」

「ええ、でも最近は仙道先生も脳外の執刀が忙しすぎて、なかなか出られませんし、あたしも内科部長としての仕事が増えて……」

「まあたしかに、夏樹先生も皮膚科部長ですからね。メンバーのうち二人が部長、一人が外科のエースとなると、診断会議に集まれないことも多そうですね」

「はい。なので、もしお時間が許せば、ぜひ加わっていただけないでしょうか」

麻里亜は食事の手を休めて、カトラリーを皿に置いて頭を下げた。

「大変名誉なことですし、ぜひお受けしたいのですが……少し考えさせてください」

と、水樹は照れくさそうに自分も頭を下げてみせた。

「はい、もちろんです。急いでいるわけではないので」

「よかったです。お話というのは、それだけですか」

「……いえ、実はもうひとつ。里中院長のことを少し伺いたいと思って」

「里中先生のことを？　なぜ私に？」

「先生をうちに引っ張ってくださったのは、里中先生ですから。きっと親しい間柄で、昔のことなどいろいろご存じかと」

実はこちらのほうが本命の用件だった。白夜と将貴の推察がもし万が一事実だったりしたら、病院にとっても大変な事件になってしまう。

理事長である麻里亜自身も、少しでも動いて真相解明に寄与したいと思ったのである。

「いや、それほど昔からのおつきあいというわけでもありませんよ、私は。もちろん私はもともと脳神経外科で、あの先生はその内科のほうの権威でしたし、私が内科に鞍替えする際にも相談に乗って頂いたりもしましたが、こんな感じに飲み交わすくらいに親しくなったのは、3年くらい前だったはずです」

「3年、ですか」

「ええ、ちょうど里中先生が副院長になられた頃でしたから」

ということは、里中が港医科大病院の副院長を勤めたのは、たった2年半だったということになる。大病院だけに副院長は数人いるはずだが、それにしてもこのポストの在任期間としてはかなり短い。

真壁に代わる新院長として、彼が港医科大病院の理事会から推薦されたのは、やはり何らかの理由で押しつけられたのかも知れない。

「退任されるまでの間に、何度かアルバイトで内科に入らせてもらって、それ以来、よく飲みに連れてって頂くようになりました」

「そうだったんですね」

「副院長として呼んでもらえたのは、外科と内科どちらも知ってることと、あとは2年ほどですが、海外で修羅場を潜ってきた経験を買ってもらえたのかな、と思ってます」

「確かに、すべての科を見渡せることが重要なポストですものね」

「ええ、便利な医者だと思ってますよ、我ながら。なんといっても独身で暇だから、副院長のくせに当直もできますしね」

と、明るく笑って自虐的なことを口にできる水樹は、やはり四十六という年齢のわりに達観している。

「なんで結婚されないんですか、水樹先生って」

ふと、わけを聞いてみたくなった。

同性愛者である可能性もあるし、女が男にであっても今の時代はタブーなのかもしれないが、水樹は笑って答えてくれた。

「手術でたくさん人を殺してきちゃいましたからね。年寄りも若い人も、男も女も。結婚なんかしないほうがいいんですよ、そんな人間は。相手が不幸になります」

「そんなことありませんよ、絶対」

即座に否定しながらも、執刀医を長く経験するとそんな思いに囚《とら》われる人もいるのだろうか、と水樹と話しているとつい感じてしまう。

「すみませんね、後ろ向きなことを言ってしまって。そういう麻里亜先生こそ、お綺麗《きれい》なのになぜ独身で通してらっしゃるのか、気になりますよ、男としては」

男としては、と不意に言われてどぎまぎしてしまう。

まさか誘われてるのかな、と思うとついワイングラスに手が伸びる。

「それは……機会がなかっただけです」

本当にそうだった。学生の頃は、いつもツルんでいた仲間がいて、その中の一人は幼なじみの将貴で、もしかしたら彼が伴侶《はんりょ》になるのかな、などと漠然と思っていた。

その気持ちは、激しくはなかったけれど消えることなく数年前まで灯《とも》り続けていたのだ。

諦《あきら》め始めたのは、白夜が現れた頃からだった。

いつも近くにいた存在だけに、彼の気持ちの機微はすぐに感じ取れる。

将貴はおそらく、白夜のことが好きなのではないだろうか。

あの唯一無二の存在感に、惹《ひ》かれているに違いないのだ。

「あ、そうか。あの狩岡さんですね。彼とつきあってるのかな。実はもう婚約されているとか……」

「まさか」

軽く傷ついた自分をごまかすために、グラスの底に残っている赤ワインを飲み干す。

「最近、ずっとプライベートで会ったりしてないですよ、将貴とは。彼はいっつも白夜さんと一緒だし。今日も確か、熱海に一緒に行ってるはずですし」

「えっ、二人でですか？　温泉旅行？」

「あ、いえ、そうじゃなくて日帰りです。白夜さんが定期的にお見舞いに行ってる人が、熱海にいまして。有名な起業家の娘さんみたいなんですけど」

「有名な起業家……」

「ええ。でも今日はお見舞いというより、お願いごとがあったんです、大《お》っきい通信会社の創業者のお父様のほうに……あ、余計なことしゃべっちゃったかな。すみません、忘れてください」

「いや、なんだかさっぱりわかりませんが、もちろん忘れます。このワインと一緒に飲み干しちゃいますよ」

と笑って、水樹も残ったワインをすべて喉《のど》に流し込んでしまった。

13

夜の9時過ぎに熱海から吉祥寺の家に帰り着くと、白夜はすぐに自分のノートパソコンを居間に引っ張りだしてきてネットにつなげた。

スマホに連絡が来ていた通り、槙村から大量の画像ファイルのクラウド共有メールが届いていた。休日だというのにわざわざ病院に出向いて、データサーバに保管されているすべての検査画像と診断ファイルを検索して、27年前の海江田朝絵の診察データを見つけて共有してくれたのである。

さっそく画像を開くが、高精細で重たいファイルのため時間がかかる。

その間に将貴は晴汝と一緒に白夜を質問責めにした。

「海江田朝絵さんにプリンを食べさせてたら、急に何か閃《ひらめ》いたみたいだって、お兄ちゃんが言ってたけど、いったい何に気づいたの？　白夜ちゃん」

「いやそれよりALSは不治の病なはずだろ？　それがなんで完治するかも知れないんだ。まさか海江田さんに携帯の通話記録を引き出させるためのハッタリじゃないよな」

パソコンの前に座ったまま振り返り、白夜は二人を制して言った。

「ちょっと待ってください。まだ確定じゃないんです。そもそも、槙村先生に送ってもらった画像からわかるかどうかもまだハッキリは言えないし……」

「じゃあ今わかってることだけでもいいから教えてくれ」

「はい、今わかってるのはプリンのことだけです」

「プリンのことなの？」

と、晴汝が首を傾げる。

「プリンを食べられたことです。ALSの末期患者なのに」

「それって不思議なことなのか。プリンくらい、柔らかいしなんとか食べられるものなんじゃないのか」

そもそも、そう思ったから白夜も与えてみようと考えたはずだ。

「食べることは出来るはずです。ＡＬＳは味覚神経が侵される病気ではないので、味もわかると思って、だからスプーンで少しずつあげてみたら、美味《おい》しいって言ってくれて。今日もそのつもりでした。ところがこの前と違って、舌を器用に動かしてスプーンからプリンを舐《な》め取ってくれたんです」

「舐め取ったのか」

「はい。運動を司《つかさど》る神経の障害が全身にくまなく起こるＡＬＳなら、舌にも運動ニューロンの障害によって筋肉の萎縮《いしゅく》が起きてしまいます。本当に死が迫っているような末期なら、そんなことは出来ないはずなんです。それで不思議に思って舌を見せてほしいと頼んだら、舌は萎縮していなくて健全だったんです。すごくきれいな舌でした。私たち健常者と同じように」

白夜は自分の舌を出して見せ、いろいろと動かして見せる。自在に動く舌には確かに筋肉があり、当然それを動かすための神経が通っているのだ。手足と同じように。

「なるほど……全身の運動ニューロンが侵されてるはずなのに、舌にはその影響が見られなかったってことか」

「はい。何かあります、きっと。その何かが何なのかは、まだわからないけど……もしかしたら、当時の診察記録にそのヒントがあるかもしれません」

話しているうちに、ようやくすべてのファイルが参照できるようになった。

まず白夜は問診の記録から読み始めた。将貴にはまったくわからなかったが、看護師として基礎的な医学知識を身につけている晴汝には、だいたいの内容が読み取れるようで、

「特におかしなところはないように、あたしには思えるけどな」

と、首をひねっている。

「ええ、今のところは。血液検査も行われていますが……」

「ALSの特徴が出てるのか、血液に」

と、将貴が訊《き》くと白夜の代わりに晴汝が、軽いため息を交えて答えた。

「お兄ちゃん、ALSは神経の病気よ。血液検査には異常が見られないのが普通なの」

「そんなこと言われたって……」

白夜と出会って以来、少しは医学の勉強をしてきたつもりだったが、専門教育を受けた側からすれば、まだまだらしい。

「ただ、逆に言うと他の病気でALSのような症状になっているなら、血液にも異常が見られる場合があるわ」

「そうですね。たとえば筋ジストロフィーなども筋肉が萎縮して動けなくなっていくという意味では似た症状を示しますけど、この病気の場合は筋肉の障害を反映して、血液中のCK、AST、ALT、LDH、アルドラーゼなどの数値が上昇します。朝絵さん

の血液診断の結果はこれらが正常値の範囲内なので、筋ジストロフィーではないと言えます」

「なるほどね、そういうことか」

異常が出ていることはもちろんだが、症状があるのに異常がないということも、診断の材料になるわけである。

「次はMRIの画像を映します」

白夜がキーボードを叩《たた》くと、黒と白で描かれた胡桃《くるみ》の断面のような画像が表示される。

脳を輪切りにして撮影したMRIの診断画像だ。

「脳には異常が出るのか」

「だからね、お兄ちゃん。神経の病気なんだから脳に画像診断でわかるような異常は出ないのよ。これも血液検査と同じ理由で、脳梗塞《のうこうそく》とか腫瘍《しゅよう》とか、画像で見えるような病態がないか確認するためのものなの」

「う～ん……難しいな、いろいろと」

「当たり前よ。命を預かる仕事なんだから」

「で、どうなんだ、白夜。ALSなら脳に異常はないってことだよな」

「はい。ありません。この画像を見る限りでは……」

「でも、あたしは今のMRI画像しか見たことないけど、27年前の画像って、だいぶ違うのね、今と」

「そうですね。世界初のMRI商用機は、1983年に東京芝浦電気が商品化したものですから、27年前ということは、まだ10年くらいしか経っていません。今のMRIは人体を縦からも横からも輪切りにしますが、この時代はまだ横からだけでした」

「なるほどねぇー。昔のがオニオンスライスなら、今のはみじん切りってところね」

晴汝の言葉に人体のそれを想像し、軽い吐き気を覚える。やはり医療の仕事は適性が必要だ。自分にはつきあいきれない。

ましてや心臓や脳を切り開いたりする外科医の仕事というのは、ある意味で精神的にも選ばれた人間だけに許される特殊技能と言えるだろう。

何度か白夜に付き合って手術の現場を斜め上からガラス越しに眺める機会があったが、あの距離で見ていても貧血を起こしそうになったものだ。

「……で、どうなんだ、結論として」

一通りデータを見終わった様子の白夜に水を向けてみたが、首を少し傾けたお得意のポーズのまま固まっていて、返事もなかった。

成果なし、ということだろう。

「明日《あした》になったら、病院の大型モニターに映してもう一度しっかり検討してみよう。DCTのメンバーも集まってもらって、みんなで侃々諤々《かんかんがくがく》やれば、なにかわかるかもしれないじゃないか」

そう言葉をかけても白夜は、動きもせずに首を傾けたまま、じっとパソコンのモニターに映し出されている脳の輪切り画像を見つめているだけだった。

14

あの医者からの電話は、コオロギの鳴き声に設定してあった。

客のいるカウンターで鳴り出しても、他の音と紛れることはないと思ったからだが、こうして帰宅する時に通る公園で聞くと、本当の虫の声と間違えてしまいそうになる。この時もそういうタイミングだったため、30秒ほども放置してしまった。

「早く出てくださいよ、美保さん」

電話に出るなり彼は言った。

「ごめんなさい、今帰り道で公園の中なの。本物の虫の声に聞こえてしまって」

「この季節に虫が鳴くわけがないでしょう。秋ならともかく」

やけに不機嫌そうだ。何かあったのだろうか。

そう尋ねると、またあの陰気な笑いを漏らして、

「別にあなたが不安に思う必要はありませんよ。ところで、今日は面会に行ってくれましたか」

「ええ、もちろん。夕食の後くらいに面会に行って、例のおにぎりを差し入れに持っていったわ。夜食に食べるように言って置いてきた」

「上出来です」

「薬は粉々にしても思ったより量が多くなっちゃったけど、明太子《めんたいこ》に押し込んで、あとは周りのご飯に混ぜておいたんで、すんなり食べてくれると思う。明日確認はするけど……でもなんで明日また行って『あんなもの』を食べさせたりするの？」

「わかりやすく言うと、薬の効果が本格的に出始めるのが12時間から24時間後と幅があるのですが、出来ればピークを迎える明日の深夜ごろに、狙い通りの『仕事』をしてほしいと思いましてね。そのための工夫だと思ってください」

暗い公園で聞く彼の声は、冥界《めいかい》から聞こえる悪魔のそれのようだった。

「ふぅん……なんだかよくわからないけど、うまくいくんでしょうね、必ず」

「必ずとは言い切れませんが、確率は高いはずです」

「わかったわ。言う通りにする。明日の差し入れも、もう買って用意してあるわ。あれをたっぷり食べさせれば、野上は死ぬのね」

「ええ、そうなるはずです」

彼はそう言って大きく息を吐き出した。

「飲んでるのね」

酒の入った客を見慣れている美保には、すぐにそれがわかった。

「前祝いですよ、ほんの。上手《うま》くいって保険金が下りたら、約束通りにロマネコンティを開けましょう。もちろん、お代は私もちでかまいません。久々にゆっくりと、二人で楽しもうじゃありませんか」
「そうね。考えておくわ」
とだけ告げて、今度は美保から電話を切った。
冗談じゃない。
もうごめんだ。
ロマネコンティなんかどうだっていい。
早くあの男と縁を切らないと、どうにかなってしまう。
さっさと保険金を手に入れ、借金を返して会社を畳みたい。
そして、どこか遠くへ。
あの男の地獄からの囁《ささや》きが届かない、遠くの街に逃げてしまいたい。
美保は公園の中を小走りに自宅に向かいながら、にじみ出る涙をぬぐった。

第三章　権威という名の病

1

　この日はたまたま、DCTのメンバーは手術などの重要な仕事もなく、朝からのルーティーン的な診察を終えると全員が昼にはミーティングルームに集合できた。

　とはいえ午後の診察まで時間は限られていたので、全員分の弁当を手の空いている将貴が買い出ししてきての診断会議となった。

　壁に掛けられた60インチのモニターに、槙村から送られた海江田朝絵の診断データがタイル状に4枚まとめて1画面として表示され、それを全員がブレストで検討していく。

　何か気づいたことがあれば、間違いを恐れずに発言していくことで、個々の力を融合させて真相に収斂《しゅうれん》していけるのが、このチームの強みだった。

　その中でも、さまざまな発言を取り込みながら、卓越した知識と自由な発想で答えを見つけ出せる白夜の存在は特別だと、彼女が4年ぶりに戻って来て以来、誰もが感じているに違いなかった。

「しかし、白夜ちゃんが一晩考えても出てこなかったとなると、こりゃあ難物じゃないのか？」

夏樹がそう言って、食べ終えた弁当の箱をクシャリと潰《つぶ》す。

「だからこそみんなの考えを白夜に聞かせてほしいんだ」

将貴は全員を見渡して、

「一晩考えてるってことは、先に進めなくなってるってことだ。別の人間が違う角度から見た発想が必要だと思う。なんでもいいから、思ったことを口にしてほしい」

「あ、それならひとつ、いいですか」

と、仙道が手を挙げた。彼は脳神経外科医だ。脳の障害による全身不随の症例は数多く診てきているに違いない。

「MRI見たかぎりじゃ、脳腫瘍《のうしゅよう》とか脳梗塞《のうこうそく》、出血のたぐいは見られませんが、頸椎《けいつい》はどうなんですかね。この診断データにはそこがない。案外、ALSでなくて単純な頸椎損傷だったりして。経験ありますよ、僕も。脳挫傷《のうざしょう》からくる血腫で麻痺《まひ》が出てるらしいっていうんで、手術のためにMRI撮った画像を、いちおうDCTにも回そうって話になって」

「あ、それ3年くらい前にDCTに回ってきた患者ですね」

西島が手を挙げて口を挟む。

「僕もいましたよ、その診断会議の時。確かに脳にも影があったんですが、それは古傷の血腫で問題がなかったんですよね。麻痺が出てる部位が血腫の場所と相関性がないんじゃないかって……」

「それはあたしが言い出したの」

今度は麻里亜が挙手する。

「結局、麻痺部位からもしかしたら頸《くび》かもって結論になって、単純レントゲンで頸椎損傷が見つかったのよね」

「あったあった。もし気がつかないで頭開いて血腫取ってたら、ちょっと厄介だったよな。患者、市会議員だったし、誤診騒ぎになってたかも」と、夏樹。

白夜がいなくなってからも、DCTはそうやっていくつもの成果を出して、病院を支えてきたのだろう。

「でも、この27年前の所見じゃ、まだ麻痺は手足の痺《しび》れと運動能力の極度低下って程度だったわけだろ。それが、少なくとも白夜ちゃんが初めて会った5年前の時点で、口もきけない全身不随状態まで来てる。てことは、進行性の病気ってことだ。頸椎損傷じゃ、最初から症状がフルに出てなきゃおかしい。違うね、これは。頸じゃない」

「そっかー……外傷性じゃないってことだな、つまり」

仙道は腕を組んで唸《うな》った。

「クレアチン・キナーゼの値も正常だし、筋ジストロフィーもなさそうよね」

麻里亜が言った。

「もし筋ジスだったら、ALSよりは治癒の可能性もある。デュシェンヌ型なら、核酸医薬の新薬ビルトラルセンなんかで、治療効果が期待できるんだけどな」

「はい、ただ、朝絵さんは十六歳の時に診断を受けてから、もう27年間も生き延びています」

と、白夜。ろくに寝ずに考え続けていたようで、さすがに眠そうに目をこすっている。

「筋ジスなら、そこまで生きられる例はまれですし、全身のあらゆる筋肉の破壊が進んでしまうので、少なくとも舌の萎縮《いしゅく》は起きているはずです。舌が健康な人間と同じということは、全身をそのような状態に出来れば、完治が望めると直感したんです……」

「そうね、その考え方はちょっとわかる気がする。だって運動ニューロンがすべて障害を起こすALSなら、舌の筋肉を動かす神経にも起きてるはず。舌だけ例外なんてことはあり得ないわ。ということは、もしかすると何か別の原因で起きた局部疾病が、なんらかの理由で全身性の症状につながってるのかもしれない」

「はい、私もそう思ったんです」

「だとしたら、原因はやっぱりここにありそうですよね」

仙道は、壁のモニターのMRIで写された脳の画像を叩《たた》いた。

「脳以外の臓器じゃ、全身症状を起こすなんて考えにくい」

「ま、それはそうかもな。しかし27年前のALS診断って、どこの誰がくだしたんだろうな」

と、夏樹がパソコンを操作して診断医の名前を探す。

「ええと……えっ？　里中賢蔵って、うちの院長の？」

「ええっ、そうなんですか」

と、西島。仙道も白夜と将貴を見て、

「知らなかった。なんで最初に言ってくれなかったんですか、将貴さんも白夜さんも」

「予断をもたせたくなかったのよ、皆に」

麻里亜は苦笑して言った。

「だって、知ってたら皆、なんとなく最初からネガティヴに考えちゃうでしょ。誤診を探してやるんだって思ってみたら、目が曇っちゃうじゃない」

「麻里亜先生も知ってたんですか、人が悪いなぁ。それじゃぜってー誤診っすね！」

仙道はしかめっ面で吐き捨てる。

「この症例、きっとなんかありますよ。万が一これまでにわかった医者がいたとしても、あの人ってALSの権威だから指摘できなかったでしょうし、ましてや再検査やろうなんて言い出せなかったでしょうから」

「ほらほら、そうやって色眼鏡で見ちゃうでしょ。だから言わなかったの」

「再検査か。今やったらどういう結果なんですかね。どっちみちALSの診断はこういう画像とか意味がないし、結果はあんまり変わらなかったか……」

と、仙道がつぶやいて、モニターの画像をしげしげと眺める。

「しかし、昔のMRIって不便だな。輪切りにするだけで、これで手術部位を三次元的に把握するのは、なかなかに大変だったと思う。脇に、輪切りの位置情報を表す小さい画像があるけど、脳外科医の立場からすると、これだけかよって……」

「まあでも、CTもありましたからね」

西島が言うと、仙道は大きく首を振って、

「いや〜、用途が違うんで。脳外の場合は、出血以外はMRIの分野っすから」

途中から白夜は自分では発言せず、他のDCT医師たちの会話に、ただ黙って耳を傾けていた。

夏樹拓美、仙道直樹、西島耕助、そして高森麻里亜——それぞれの分野で一家言を持つ優秀な若手医師たちの言葉の一つ一つを拾い集め、脳裏に刻みつけているのだ。

この作業は、いわば確定診断という料理を、調理するための食材を集めているようなものだろう。

ほんの一言のジョーク、視線を送った先にある何か、横道に逸《そ》れたような発言……何が思考跳躍のステップとなるか、白夜にもまだわからないはずだ。でも、将貴は期待せずにいられない。

白夜に備わる、他の誰にもない第六感に。

もし彼女にそれがあるとすれば、ここまで拘《こだわ》り続けている27年前の診断データの中に、何か重要なヒントが隠されていることを、どこかで感じとっているに違いない。

そこに辿《たど》りつけたら、朝絵はきっと救えるに違いないし、それとは関係ないかも知れないのだが、野上の事件にも何か大きな進展があるのではないか。

将貴は、そんな気がしてならなかった。

2

DCTの会議は午後2時まで続けられたが、これといった成果はなかった。

とはいえ白夜にとっては大切な時間だったようで、解散する時には、また明日《あした》も集まってくれるよう、何度も頭を下げて頼んでいたが、皆そのつもりだったはずである。

部屋を出ていきつつも、名残惜しいかのように、まだガヤガヤと意見を交わしていた。

一人まだ検証を続ける白夜に付き合って、将貴も居残った。

里中院長が言っていたように、本来なら実習生の白夜は何らかのカリキュラムを課されているはずだったが、一般の学生がするようなことを彼女が経験しても意味がないのは、ここの医師たちは承知している。

実習よりは実戦に参加して、まず今は病院が直面している疑惑の解明に努めてもらいたいというのが彼らの総意であり、理事長である麻里亜の願いでもあった。

将貴の方も、今日あたり多少なりとも進展がありそうな気配だった。

今朝、海江田の秘書から連絡があったのだ。

秘書いわく、安岡美保の携帯通信記録自体はすぐに収集できたのだが、将貴に伝える前に海江田自身で検証しておきたいとのことだった。

代表を下りたとはいえ、圧倒的な筆頭株主であることは変わらず、今でも実質上、日本グローバル通信のオーナーである彼にとって、その顧客の個人情報を第三者に渡す行為には、ある程度の覚悟が必要なのだろう。

彼なりに通信記録の相手を特定できるものはした上で、疑わしさが感じられたものだけ引き渡すつもりなのかもしれない。

秘書の話では、今日中には整理して、海江田本人から電話で連絡をくれるという。

すでに里中の携帯番号は入手済みだったので、安岡と連絡を取った形跡があるとなれば、それを根拠に不可解な薬剤ルールのことも含めて、警察が正式に捜査に乗り出せるかもしれない。

それともう一つ、麻里亜づたいに槙村に頼んだ、便秘から高マグネシウム血症を起こして死亡した女性の身元についても、すでに情報は届いたようで奥村に伝わっている。

奥村は、身寄りのいない女性の遺体を引き取ったという勤め先の情報について、二日で調べると豪語していたので、そろそろ今日あたり結果が聞けるかもしれなかった。

一人で思考に集中しだして3時間が過ぎたが、白夜は何も話さずじっとモニターを見つめて、時折パソコンを操作して表示ファイルを切り換えているだけである。

将貴はといえば、勤め先の編集部におけるルーティーンの仕事をモバイルパソコンでこなしつつ、白夜にとことん付き合うつもりだったが、休むということを知らずに、ひたすら考えていて立ち歩きもしない彼女を見ていると、いささか不安になってくる。

それこそエコノミークラス症候群でも起こしやしないかと心配になり、気分転換させるつもりで声をかけた。

「白夜、今日は野上さんの病室には行かないでいいのか」

ハッと我に返った白夜が椅子から飛び上がるように立ち上がる。

「いけない。忘れるところでした。今から行きましょう」

取るものもとりあえず部屋を出て行こうとする彼女を追うために、将貴も慌てて身支度をするはめになった。

病室の前に来ると白夜は立ち止まり、

「今日はどんな話をしたらいいと思いますか、将貴さん」

と、珍しく聞いてくる。

「そうだな……」

考えてみて、ふと思ったことを伝えた。

「野上さんの話を聞かせてください、それだけ言ってみたらどうかな」

「それだけ、ですか」

「それだけでいい。その代わり……」

将貴は白夜の後ろに立って、軽く背中を押しながら言った。

「今日は一人で訪ねようか」

「えっ、私一人で？」

「そのほうが、きっと野上さんも話しやすいんじゃないかな。きっとそうだよ」

白夜はひとしきり迷ったあげく、大きく深呼吸してドアノブに手を伸ばす。

「行ってきます、一人で」

「あっ、ちょっと待った。いちおう、ノックをしたほうがいいね」

「えっ、そ、そうですね。すみません、うっかりしました」

「肩の力を抜いて。こないだみたいに、自然に接すればいい。そうしたら彼も、きっと心を開いてくれるよ。そんな気がする」

「そうでしょうか」

もう一度深呼吸をやり直して、白夜はドアをこわごわとノックしたのだった。

3

一人で何もすることがなく退屈していた野上は、白夜の訪問を待ちわびていた。

だからノックの音を聞いた時から嬉《うれ》しくて仕方ない気持ちで、まだずっしりと重い体を無理に引き起こして、ベッドの縁に腰をかけて彼女を出迎えた。

「白夜先生、また来てくださったんですね。ありがとうございます、きっとお忙しいでしょうに」

と、つい何度も頭を下げてしまう。仕事というより、生きていくのが精一杯だった失業時代に身についてしまった習性だった。

白夜は困った顔で、

「そんなことないです。忙しいというより、考えなくちゃいけないことがあって、でも答えが出ないで煮詰まっていたところでした」

「そうですか。煮詰まってしまうと、先に進めなくなりますよね。私は長くバーテンをやってまして、そういうお客様のお話を伺うのが好きでした。人に話すとすっきりして、先に進めてしまうこともあるんです。よかったら、お話しください、先生も」

なぜだろう、この少女のような瞳《ひとみ》をした医者には、いつになくすらすらと言葉が出てきてしまう。

とはいえ、余計なことを口にしてしまった。

案の定、戸惑っているような白夜を見て、野上は慌てて打ち消す。

「すみません、そんなことできませんよね。きっとお仕事のことでしょうし、私が聞いてもわかりっこない。まあ、だったら身の上話でもなんでも——」

「ごめんなさい、私の話はできないんです。してはいけないって言われてて」

「えっ、そうなんですか」

どういう意味だろう。

「患者には、プライベートな話をするなと、上司から言われてらっしゃるんですか」

「いえ、そうではなくて。誰にも話してはいけないんです」

いよいよわからない。

この若さで、そんな身の上話があるものなのだろうか。

「そうですか。だったら無理になさらなくても大丈夫ですよ」

「ありがとうございます。あの……」

「なんでしょうか」

「野上さんのこと、お話ししてくれませんか」

おずおずとした様子で言いながら、白夜は野上の前にある椅子に腰掛けた。

「お願いします」

頭を下げて頼まれて、野上もいささか戸惑った。

正直、自分のことを話すのは得意ではなかった。美保にも、自分の過去については差し障りのないことしか話したことがない。

宮崎の出身で、博多に出て行ってバーテンダーとして働きだしたこと。その頃に一度結婚をしたことがあったこと。

子供について訊《き》かれた時は、

「一人いました」

とだけ答えた。

それだけだった。

「話して頂けませんか」

今度はじっと目を見てくる。大きなその瞳には、若さに似合わぬ意志の強さが感じられた。けっしてものごとを諦《あきら》めない、そんな迫力が漲《みなぎ》っている。

「わかりました」

つい押し切られて、うんと言ってしまった。

すると今度は、先日のプリンを野上が食べた時に見せた、子供のような笑顔を向けてくる。

引くに引けない気持ちで、少しだけ話そうという決心をした。

「大して面白い話でもないですが、じゃあちょっとばかりお話ししますね。私の生まれは九州の宮崎というところなんです。宮崎牛とか宮崎マンゴーとか有名で、大きな町はそれなりに都会ですが、私の生まれた辺りは本当に田舎で、美味《おい》しい食べ物ときれいな景色以外には、何もないところでした。まあ今にして思えば、それだけあれば十分だったのかも知れませんが」

話しだすと情景が浮かんでくる。

海岸線の一本道。

トタン波板張りの小さな倉庫や工場がひしめく魚港界隈を、自転車で10分ほど西に走り抜けると、フェニックスが並ぶ道に出る。

その辺りは春には桜も咲いて、海際にフェニックスと花が並ぶという、きっと他では見られないような不思議な光景が広がるのだ。

幼い頃は酒屋を営む父の運転する軽トラの助手席に座って、レビューのように移り変わる海の景色を眺めるのが好きだった。

「実家は小さな酒屋を営んでいたんですが、従業員に売り上げをごっそり持ち逃げされたのが元で資金がショートしちまって、私が高校2年生の時に夜逃げすることになりました。私はいろいろと嫌になって、家族とは別に博多に一人で出て、酒を出す店で働くことにしたんです。酒屋の息子だから、酒のことは少しは知ってましたんで。両親と妹とは、それっきり会ってません。連絡もつかなくなって、今はどこで何してるのか。まあ両親は亡くなってるかもしれませんね。お袋は生きてれば今年八十七ですし、親父はその三つ上でしたから。私と同じく呑兵衛《のんべえ》だったし、もう生きちゃいないでしょう」

両親を思い出すことは、だいぶ前からほとんどなくなっていた。しかし生き別れの妹のことだけは、たまに考えることがある。

もう還暦を過ぎているから、孫がいてもおかしくない年だ。

妹の孫。それはつまり野上にとっては姪孫《てっそん》に当たる。

どこかで、幸せになっていてほしい。

そう思う。

「博多の飲み屋では2店舗合わせて15年働きました。最初はただのウェイターでしたが、そのうちバーテンダーとして使ってもらえるようになって、給料も上がって。結婚したのはその頃です。相手は近くのお店のホステスでしたが、結婚する時に辞めることになりました。子供が出来たからでした」

その時代が一番幸せだった。

息子が寝つく前には帰れない仕事だったが、その代わりに昼間はサラリーマンより長く遊んでやれた。

公園にも夫婦二人で息子を連れていけた。

平日にそんな夫婦はほとんどいなかったから、息子も誇らしかったに違いない。

何かが狂いだしたのは、三十を過ぎた頃にスカウトされて店を移ってからだ。

給料はずっとよくなったが、仕事は厳しかった。仕込みなども任されていたので、昼間から出かけることになり、息子と遊ぶ時間もなくなった。

夫婦仲も次第に悪くなり、喧嘩《けんか》も増えた。

「忘れもしない、三十三になった冬でした。年末が近くなると忘年会も始まり、飲み屋は大忙しの書き入れ時ってやつになるんです。私の店は特に流行《はや》っていて、日曜も休みなく働かされましてね。土曜は前から仕事でしたが、それでも日曜くらいは休めたんです。それがなくなって、いよいよ夫婦仲は最悪になって。でも、あんなことがなけりゃ……」

その日は年の瀬で店は一番の賑《にぎ》わいだった。カウンターはもちろん、ボックス席に出す酒のことまで取り仕切っていた野上は、妻との不和や疲れもあって苛立《いらだ》ち、部下のちょっとの失敗でも怒鳴り散らして、声をかけづらい雰囲気をまとっていたに違いない。

だから家から電話がかかってきていることも、なかなか伝わらなかった。

それが伝わったのは、妻からの五度目の電話がきてからだった。

しかしその電話さえも、野上は用件を聞くなり怒鳴ってすぐに切ってしまった。

「子供が泣き止まないって、そんな用件だったんです。ずっと泣いて様子がおかしいってんで、私に電話したらしいんですが、そんなことで電話してくるなって怒鳴って、叩《たた》ききってしまいました。馬鹿なやつです、本当に。店が夜中に引けて家に帰ったら、妻も息子もいなくて、救急車を呼んだので病院に行くって書き置きがありました。慌ててすっとんでいったら、もう……手遅れで……」

不意に涙が溢《あふ》れた。

こんな話を他人にするのは、これが初めてだった。

なぜ話したのだろう。

なぜ、こんな若い女医に、なぜ……。

「腸重積、だったんですね」

ぼそり、と白夜がつぶやいた。野上が話し始めてから、ずっとただうなずくだけだったのだが、不意にそう問いかけてきた。

「……そんな名前の病気だったと思います。よくお分かりになりますね。あなたのような先生が近くにいたら、あの子もきっと助かったんでしょうね。いや、私が最初に電話に出てすっとんでいけたら、もっと前に電話をつないでもらえる人間だったら、きっと……いや、どうですかね。酒のことしかわからない男でしたから……」

それからすぐに妻とは離婚し、野上はすべてを捨てて東京に出てきた。

何もかも忘れてしまいたい、それだけの理由だった。

東京では、銀座を中心にいくつものバーを転々とした。

日が落ちれば仕事に出かけ、終われば朝方まで痛飲し、昼下がりに起き出して、また仕事に出かける。

そんな毎日だった。

「東京に来てからのことは、あんまり覚えてないんです。酒を飲み過ぎると、なんもかも忘れちまう。でも嫌なことも思い出さなくなるんです。一番嫌なことを思い出さなくて済むってだけで、ありがたい。そうやってね、いまはこんなざまです。だからいつ死んでもいいんです。もう、なんの後悔も……」

「野上さん」

白夜がまた言葉を発した。野上の言葉を遮るように、野上の名を呼んだ。じっとその大きな瞳《ひとみ》で見つめながら。

憂いを湛《たた》えたような、とでも言うのだろうか。今にも雨が降り出しそうな空を思わせる、そんな目の色。

唇が震えながら開かれ、次の言葉を紡ぎ出そうとした、まさにその瞬間だった。けたたましい音で、インタホンが鳴り響いた。

野上は我に返り、インタホンに手を伸ばす。

「受付です。野上さんに面会の方がいらしてます。お約束があるとのことですが、どうしますか」

女性の忙しそうな声だった。

「はい、すみません。うっかりしてました。上がってきてもらってかまいません」

野上が言うと、受付の女性は、

「はい」

とだけ返事をして、インタホンをそそくさと切った。

「……すみません、白夜先生。面会の約束があって……」

恐縮して頭を下げると、彼女はゆっくりと首を横に振った。

「いいえ、とても嬉《うれ》しかったです、野上さんのお話が聞けて。また聞きにきます。明日《あした》も明後日《あさって》も来ます」

そう言って目頭を軽く押さえるような仕種《しぐさ》を見せて、すぐに立ち上がって、一礼をして出ていった。

白夜の背中を見送ると、現実に引き戻された気がした。

病室の壁にかかっている時計を見ると、とっくに5時半を回っていた。

そうだった。

今朝電話が来たのだ。

出勤前に、またお見舞いに寄っていくという美保からの電話。

これからまた彼女と面会だと思うと、少し気が重い。

待ちわびていたはずなのに、なぜだろう。

もっと白夜と話をしていたかった。

彼女が言いかけた言葉を、最後まで聞いてみたかった――。

4

白夜を野上の病室に置いて、いったん帰宅してこの日の仕事を片付けると、将貴は公園脇のいつものイタリアンレストランに向かった。

スマホに奥村からのメッセージが届いていたからである。いわく、夜7時に待ち合わせをしたい、重要な事実がわかった、とのこと。

どうせ暇だろう、と見透かすような内容だったが、すぐに了解したと返した。

逸《はや》る気持ちもあって、10分も前に店についたが、奥村もすぐに現れた。彼も早く話したかったに違いない。

　とはいえディナータイムなのだからと、いちおう食事を頼んだ。店内を見渡せばカップルか女性同士ばかりで、男二人でレストランのディナーというのは自分たちだけだった。

　パスタ付きの一番安いディナーコースにして、食前にビールを二つ注文するとすぐに運ばれてきたので、軽く乾杯をしつつ27年前の海江田朝絵の診断について、白夜が疑問を持って調べ始めていることを伝えた。

　朝絵の病気がALSでなく治る可能性があるらしいという話よりも彼が食いついたのは、彼女の診断を下した人物が他ならぬ里中賢蔵だという件だった。

　刑事の勘というやつなのか、ただの偶然ではないと感じたようだ。

「偶然は偶然なのかもしれん。でも事件ってやつは、たいていが何らかの偶然が重なって起こるもんなんだ。そういう偶然の匂いがするんだよな、里中と海江田の娘のつながりは」

　美味《うま》そうにビールを飲みながら、奥村は持論を述べた。

「でも27年も前のことだぜ。それが今起きてる事件とどう関わってくるんだ」

「さあ、そこまではわからねえよ。でも見てろ、きっと関わってる。……ただなんだか、ちょっと……」

　何か言い掛けて、奥村は二口か三口分は残っているビールを一気に飲み干すと、口の周りについた泡をナプキンで拭《ぬぐ》って、しきりに首を捻《ひね》りながら続ける。

「ちょっとだけ、役者が足りない気もするんだよな……」

「役者って？」

「まあ、その話の前に俺のほうの本題だ。今日の成果」

「ああ、そうだった。で、どうなんだ、例の高マグネシウム血症で亡くなった女性の働いてた会社は」

「例によって真っ黒けだったよ」

「やっぱりそうか……」

将貴はのけぞるように背もたれに寄りかかり、天井を見上げた。

「死んだ年寄りはその会社が派遣してた清掃員だったんだが、1億の保険金を彼女にかけてた。七十代の女性にだぜ？」

「同じ構図だな、野上の件と」

「ああ。どうみても怪しいが、保険金は支払われたそうだ。病院に入院して亡くなった上に、死亡診断書の病名が便秘による大腸破裂からくる敗血症となってたから、保険会社も保険金を払うしかなかったんだろうな」

もはや間違いない。

里中による投薬ルールの構築は、それを利用して生命保険をかけた患者を死に至らしめ、おそらくは患者の勤め先の会社から、保険金の分け前をせしめるためのものなのだ。

巧妙かつ冷酷な保険金殺人が、命を救うためにあるはずの病院で行われている。

それが本当なら、決して見逃してはならない。

元新聞記者の血が騒いだ。

「で、海江田に調べてもらってる電話の通話履歴はどうなった」

と訊《き》きながら奥村は、ようやく配膳《はいぜん》されたパスタコースの前菜を、フォークだけで粗野に食べていく。

「それも今夜聞かせてもらえるはずだ。里中の携帯番号も摑《つか》んでるから、履歴にそれがあれば、令状とれるんじゃないか」

「まあなんとかなるかもな。一番いいのは、野上の証言がとれることなんだが。それでまず安岡美保を引っ張れたら、あとはどうにでもなるだろう。次は便秘で死んだことになってる患者の方に取りかかる。こいつは、けっこうでかいヤマになるな」

「しかし、あの里中が保険金殺人か……」

いよいよという段になって、将貴はどこか釈然としない感覚を覚えた。

「どうかしたか、将貴。里中が」

「うん。俺も一度しか会ってないから、なんとも言えないんだが、六十五になるオッサンでね。ゴルフ焼けの」

「それがなんだ。人殺しだってゴルフくらいやるだろう」

「そりゃそうなんだが、どうもイメージが湧かないんだよ。あのオッサンが進んで保険金殺人なんかやるかな、とね。しかも二件も続けざまに」

「殺人だと思ってないんじゃないか」

「……そういうような話を、ＤＣＴの精神科医も言ってたな。罪の意識を希薄化するために、毒薬でなく普通に使われてる医療薬を使って、副作用を利用して死に追い込む。しかも善意の医者の手を借りて」

「卑劣なやり方だぜ。絶対に許せねえ」

「もちろんだ。……でも、そう考えても、なぁ～……」

「気になることがあるなら、一応言ってみろ」

「奥村、お前、手術の現場って見たことあるか」

「いやないが、それがどうした」

「見ればわかると思うんだが、なかなかに壮絶でね。あれを無理して出来るようになる人間がいるのはわかるが、積極的に、喜んでやりまくる人種ってのは、俺には少なくとも理解しがたいんだ」

「そうかもわからんな。ただな、俺だって血まみれの殺人現場とか見て、こんなことをやらかす犯人なんざ、人間じゃねえって毎回思うんだが、捕まえてみると、意外なくらい大人しい奴だったりすることもあった。人間って生き物は、環境次第でどうにでも化けるんだな、って思わされるよ」

運ばれてきたウニのパスタを美味そうに味わいながら、奥村は言った。捜査一課を経験している彼は、つくづくそう思うのだろう。

「その環境の話さ」

将貴は彼の言葉を拾って、ますます確信を抱いた。

「里中賢蔵って医者は、調べたところずっと若い頃から研究と診断が主なキャリアでね。ALSっていう難病を徹底的に深掘りし続けて、高い評価を得た医療者なんだ。難しいとされるALSの診断では、世界有数の実績を若い頃から築いてきてるらしい。まあ、権威ってやつだ」

院長室に里中を訪ねた時にもそれを感じた。棚の上には彼の私物らしい額に入った賞状のようなものが飾られていた。それは彼にとって権威の象徴なのだろう。

おそらくどこの病院に勤めても必ず持っていき、自分の身の回りに飾ることで、彼は自分の権威を周囲に知らしめている。少なくとも本人は、そう思っているに違いない。

「ALSっていう病気は、外科的な手術じゃ治らないし、診断も患者の容体を診た上で、血液検査やMRIで特に問題が見当たらないことを理由にして確定診断される。つまり病気の中じゃ、えぐいシーンに出会わずに学問として極めていき、ラボの中で何が原因で起きるか、どうすれば改善されるかを研究していけるってことさ」

新聞社にも、似たような社員は少なからずいる。

基本デスクワークでキャリアの大半を過ごしてきた彼らは、夜討ち朝駆けと言われる記者のハードな現場を、ほとんどわかっていない。

それが必ずしも悪いわけではないが、そういう人間が上司になると、現場はすこぶるやりにくいものだ。ハードで小さいことを気にしていられない分だけ、ある意味で緩くもある現場の空気を知らないせいで、生真面目で融通がきかないからだ。

医者の世界も近いものがある気がする。修羅場を知らないがゆえに、道を踏み外すこともできないような医師。里中もそういうタイプではないだろうか。

「わかるか、奥村。手術なんか、彼は若い研修医時代に少し経験しただけのはずなんだ。そして人間臭い臨床も、他のジャンルの医者と比べたら大して経験してないに違いない。そんな医療の綺麗《きれい》な部分ばっかり見てきてるような人間が、いきなり医療を悪用した保険金殺人を計画するなんて、どう思う、お前は。刑事として、あり得ると思うか」

「わからんな、俺には」

と、パスタの残りをかっこんで、通りがかりのウェイターに食後のコーヒーをジェスチャーで要求しながら、奥村は言った。

「医療のことはさっぱりだからな。ただ、お前はその里中って医者に会ってるんだろ。会ったお前の印象が、保険金殺人を喜んでやるような人間には見えなかったっていうなら、それは尊重するよ。お前が言うような理屈はおいといてな」

「まあ、なんでもいい。ともかく、いま一つ腑《ふ》に落ちないいんだ」

「それは俺も一緒だよ。なんだろうな、この感じ。パズルのピースが一つ足りないような……」

「パズルのピースか……」

気がつくと、もう9時近かった。メッセージだけ入れて置いてきてしまった白夜は、何をしてるだろうか。まさかもう野上の病室にはいないだろう。病院の夕食の時間は6時だったはずだし。

一人でまた、あの朝絵の診断データと格闘しているのだろうか。

時計がわりに見ていたスマホが、不意に震えだす。同時にその画面に発信者の名前が表示された。

海江田誠だった。

5

海江田のあの静かだが迫力のある面持ちを思い浮かべ、つい反射的に姿勢を正してしまう。

「誰からだ？」

将貴のただならぬ様子を感じてか、奥村が小声で問いただしてくる。将貴は名前の出ている画面を見せて立ち上がり、小走りに店の入り口近くの客席のないエリアに向かいながら、着信を受けて話しだした。

「はい、狩岡です」

「海江田です」

「お疲れさまです。例の件ですか」

「そうです。奇妙なことがわかってね。本当に奇妙で、どう解釈していいかわからず、連絡に時間がかかってしまった」

天才経営者海江田誠をもってして、奇妙と言わしめる事実がとてつもなく気になって、ガヤつく店内の騒音を避けるために、スマホを当てていない側の耳に指を突っ込んで塞《ふさ》ぎ、無礼を承知で大声で問い返す。

「なんですかそれは！　どんな奇妙なことですか！」

「待ってくれ、その前にまず、最初に君に頼まれた件だが、名刺の人物——安岡美保のスマホの通話履歴を半年前までさかのぼって調べたが、預かった里中賢蔵という人物の携帯番号とのやりとりは確認できなかった」

ショックだった。成果なしということになるのか。しかし、別の携帯、たとえば特殊詐欺などに使われる身元のわからない携帯でやりとりしていた可能性もある。

それを告げると、海江田は当然そうくるだろうと想定していたのか、即座に否定する。

「いや、それもない。いわゆるトバシ携帯は警察からリストが来ているし、そもそもすべての可能性を消すために、秘書たちを使って我が社のものでない携帯すべてに、電話をかけさせたのだよ」

「そこまで……」

驚いた。違法すれすれのことまでしてくれている。これで何もなかったら、どう言い訳すればいいのか、と押し黙った将貴に、海江田はおもむろに彼からの用件である『奇妙なこと』を話しだした。

「さて、ここからが私の側の用件だ。トバシ携帯は除き身元の確認が取れた携帯も弾《はじ》いていった後に、最後に『謎』が残った番号が一つあってね」

「謎……ですか」

「そう。私がよく知っている人物のものだった」

「えっ」

スマホに誰かの割り込み着信が入る。しかし誰からなのか確認する余裕もない。

海江田は続けた。

「君もよく来てくれる、あの熱海の入院施設だが、あそこには常に医師が数人、交代で駐在してくれている。もちろん、それなりの実力のある医師限定で常に募集していて、応募があれば審査の上で、かなりの高給を提示して依頼してきた。それでも長続きはしないもので、まあ長くて1年、短ければ三カ月ほどで辞めていく。当然のことだろう」

「はい、そうでしょうね。でもそれが何か……」

「安岡美保と電話していた人物の中に、その臨時医師の一人が交じっていたのだよ」

「ええっ。だ、誰ですか。私の知っている人物ですか？」

また着信。しかし無視した。

それどころではないのだ。

海江田はさらに続ける。

「それを訊《き》きたくて、こうして電話をかけている。3年ほど前に三カ月だけ熱海に来てくれていた医師でね」

「3年前……」

鼓動が昂《たかぶ》ってゆく。

「もとは脳神経外科で優秀な執刀医だったそうだが、その時はもうメスは置いていて、内科医という触れ込みだった。当然ながら脳神経の疾病に詳しく内科の知識も豊富で、確かに優秀な医師だったよ。古い朝絵の診断記録だけでは治療方針が立てにくいと言って、近くの総合病院で血液検査やMRIをやり直したり、今までにない手厚い診療を行ってくれたりね」

「水樹冬星……ですか」

声が震えた。震えてしまった。

経験したことのない衝撃だった。

長く新聞記者をやっていた将貴にとっても、こんな驚きは過去に覚えがない。

海江田も同じだったのだろう。数秒の間を空けて、押し殺すような声でつぶやいた。

「やはり、知っていたか。どこでどう知ったんだ、今何をしているんだ、彼は」

「高森総合病院の副院長です」

「……なんだと」

「里中院長が引っ張ってきたそうです」

「事件に関係があるのかね、水樹先生は」

「ないと思われますか」

「……思えないな。そんな偶然は信じない。水樹医師は3年前に娘を、ＡＬＳを病んだ朝絵を診ていた。そして彼を高森総合病院に引き入れた里中賢蔵医師はＡＬＳの権威で、娘を診断した人物だ。それがただの偶然なはずがあろうか」

「同感です」

足りなかったパズルのピースが、どうやら埋まろうとしている。

「おい、将貴！」

不意に背後から呼ばれて振り返る。奥村が慌ただしく近づいて来ていた。気づくと20分以上も待たせていたようだ。

「まだ電話してるんだ、あとで……」

通話口を押さえて言ったが、奥村は引き下がらない。

「いったん切ってこっちに出ろ。話を聞け。麻里亜からだ」

ただならぬ様子に、謝りつつ後でかけ直すと告げて海江田の電話を切り、奥村が差し出したスマホを受け取って耳に当てた。

「もしもし、将貴だ」

「麻里亜よ。二回かけたけど出ないから、奥村くんにかけたら今一緒だって……」

「なにかあったのか」

「ええ、今の今まで、港医大病院にいたんだけど、槙村先生から意外な話が飛び出してきて……」

「なんだ早く言え」

「急《せ》かさないで。あたしもまだ、整理がつかないんだから。信じられないし、どういう意味だかよくわからないのよ」

「だから何がだ」

「槙村先生、例の高マグネシウム血症で亡くなった患者さんのこと調べてくれてたでしょう。その時についでというか、気になって誰が担当医でカマ……つまり酸化マグネシウム製剤を大量投与したのか、ちょっと調べてみたらしいの。そしたら……」

「おいおい、まさか……水樹医師だったとかじゃ……」

「そうなの、水樹先生が……でもなんでそう思ったの?」

早鐘のような鼓動を堪《こら》えて、なるべく平常心で海江田から聞いたばかりの事実を伝えた。麻里亜が彼に好意を抱いていたかもしれないと考えたからだ。

「うそ……」

しばし絶句したあとで、すぐに思いなおしたように返してきた。

「待って待って。野上さんのアセトアミノフェン中毒にも関わってたかも知れないってことよね。それじゃまさか……」

どうやらそれほどの好意でもなかったようだ。少しホッとする。

「ああ、彼……水樹冬星こそが、この二つの保険金詐欺犯罪の真犯人だ」

「でも、じゃあなんで里中院長が……彼も共犯ってこと？」

「さあ、それはどうかな。もしこの事件の発端が、あの熱海の私設病院で海江田の娘を診たことだとしたら、真相が見えてこないか」

「真相……」

「里中が27年前にＡＬＳの診断を下した患者に、なぜか彼は改めて血液検査とＭＲＩを受けさせたらしい」

「なんのために？」

「気づいたんじゃないのか、彼も。白夜と同じように、舌を診て。そしてＭＲＩを撮って確信したのさ。里中の誤診にね」

「誤診なの？　ＡＬＳは……」

「たぶんね。それを材料に水樹は里中を脅迫したんじゃないのか。天下の海江田の娘を誤診で寝たきりにしたと世間に知られたら、彼は終わりだ。すべてのキャリアを失い、医学界から抹殺されると考えてもおかしくない」

「あ、あり得るわ。水樹先生、里中院長のこと前から知ってたみたいだし、確か3年前くらいから急に親しくなったって……」

「海江田のところにいた頃だ。まさにその時から水樹は、里中を脅迫し始めたに違いない。そう考えれば、里中が唐突に強引な投薬ルールを病院に押しつけてきた理由も、想像がつく。水樹はそうやって、保険金殺人の片棒を担がせていたんだろう、里中に。彼がその恐ろしい真意を知っていたかどうかは別としてね」

「何に気づいたっていうの、水樹先生は」

殺人容疑者だと知っても、まだ『先生』と呼ぶ医者の感覚は理解しがたかったが、今はそんな場合ではない。

「ねえ、将貴。彼はいったい何に……」

「さあ、俺は医者じゃないし、それが何かわかるはずがない。でも——」

将貴の分も会計を済ませてくれた奥村と目配《めくば》せした。荷物を奥村から受け取ってレストランの階段を下りていく。

「でも、白夜ならわかる。きっと、彼女は気づくはずだ」

将貴はスマホを切り、奥村に返して先に歩きだした。

朝絵の診断データに今も向き合っているはずの白夜に、すべてを伝えるために——。

6

「入りますよ、白夜さん」

ノックの返事を待たずに、岩崎竜介はDCTミーティング室のドアを開けた。

先程出ていった時とまったく同じ姿勢で立ったまま、白夜は壁のモニターを見入っている。

夕刻の5時過ぎに、野上一夫の病室に彼女を残したままどこかに出かけようとしていた狩岡将貴に、廊下でばったり会った岩崎は、彼から時々ミーティング室を覗《のぞ》いてほしいと頼まれていたのだ。

岩崎にしてみれば、願ってもない役割だった。

自分の誤診を見抜き的確な投薬で患者を救ってくれた彼女のことを、岩崎は心から尊敬していた。それは年齢が下だとか上だとか、そんな封建的な理由で躊躇《ちゅうちょ》する必要を感じない、純粋にして本能的な敬意だった。

その本能とは、つまり彼女をリスペクトしてその一挙手一投足を可能なかぎり追うことで、自分が誰よりも成長できるに違いないという確信にほかならない。

そういう虚心坦懐《きょしんたんかい》が自分の一番の長所であると、彼に医師への道を進めてくれた中学時代の恩師にも言われたことがあった。

事実、岩崎はDCTの一員として働いている白夜に隙あらば近づいて、彼女の診断の理由や自分の突き当たっている問題とその解決方法などを、幾度となく尋ねていた。

白夜は真摯《しんし》な姿勢で訊《き》けば、嫌がるでもなく丁寧に説明してくれる。

ただ今日はなぜか、朝からほとんどの時間ミーティングルームに引きこもって、モニターに映し出されている誰かの診断データに見入っているのだった。

岩崎が入室したことにも気づいていない様子の白夜に近づいて、

「あの……白夜さん」

と、小声で驚かせないように声をかける。

それでも彼女は飛び上がるように驚いて、岩崎をにらみつけた。

「あ、岩崎先生……なんですか」

ホッとした顔で訊かれて、15分前に出ていく時に告げたはずの理由を、もう一度繰り返す。

「おなかすいてるんじゃないかと思って、お弁当を買ってきました。僕もまだですから、よかったら一緒に食べましょう。もう9時半過ぎてますし……」

「大丈夫です、まだ」

「いやいや、何に悩んでるのかわかりませんが、腹が減っては戦は出来ぬって言うじゃないですか」

「そんなこと、誰が言ったんですか」

「えっ、誰って……」

諺《ことわざ》としてしか知らないし、そんな『返し』を食らうとは思っていなかった。

「と、ともかく食べてください。僕はいちおう、狩岡さんに頼まれて来てるんです。白夜さんが放っておくと、何も飲まず食わずで、ずっとそうやってるからって」

「将貴さんが……」

その名前を聞くと肩の力が抜けたようになって、ため息をついてよろけるように席に座った。

渡された弁当箱を開いて、

「いただきます」

と、箸《はし》をぎこちなく使って食べ始める。

「あの、すみませんが一つ伺っていいですか、白夜さん」

「なんでしょうか」

岩崎の顔を見ずに返事をする。

いつものことなので気にせずに、質問を投げた。

「あのモニターに出ているMRIは、どういう症例なんでしょうか。僕が見ても何も異常はないように思えるんですが」

「異常はないです。私にもそう見えます」

「えっ、そうなんですか。じゃあなんで、何時間も見続けてるんでしょう」

「何も異常がないはずがないからです」

言われたことが理解できない。

MRI画像に出る病的兆候というのは、あるかないか、あるいは写っているかいないか、それ以上でも以下でもないはずだ。

穴の空くほど眺めていたからと言って、突然何か閃《ひらめ》くたぐいのものではなかったはずである。

「異常があるんですかね、これに」

立ち上がって近づいて見る。

自分の知っているMRI画像とは、だいぶ様相が違っているようだ。縦の断層画像がなく、すべて輪切り、横に切ったものばかり。確か、一昔前はそうだったと聞いている。

「古いMRIなんですね、これ。何年前のものなんですか」

「27年前です」

「えっ、それはまた……なんでそんな画像を……」

「複雑な理由があるんです。一言では説明できません」

と、白夜は食事をしながら答えにならない返答をする。

「そうでしょうね。異常があるんですか、この画像に。う～ん、わかりませんね。横の輪切りしかないってことは、今のMRIと比べたら情報量が半分ってことですし、何か病気が隠されててもわからないのかもしれないですよね」

「情報量が半分……」

ぼそっとつぶやいて、白夜はまた画像に目をやる。

「再検査はしてなかったのかな。ALSの確定診断が下っていれば、何か検査するにしてもMRIは撮らない。ましてや里中賢蔵はALSの権威……」

独り言を漏らして、立ち上がった。

「仙道先生が言ってた」

「えっ、仙道先生が何をですか」

岩崎が問いかけても、もう耳に入っていないようだ。

「昔のMRIは不便だ、三次元で捉《とら》えて手術部位を特定するには……位置情報画像を見て判断するしかない」

カッと目を見開いて、パソコンに飛び掛かる。

「位置情報画像！」

叫んでパソコンのキーを連打する。

モニターの画像がアップになり、脇にずれて隅に表示されている小さな表示エリアがフォーカスされていく。

人間の脳を輪切りにして病巣を映し出すMRIだが、昔のそれは横にしかスライスできなかったため、どの部分がいま表示されているのか、その位置を示す画像が存在したというのは、岩崎も聞いている。

今モニターにアップになっているのは、その位置画像らしい。ただしそれは、小さく輪切りにされたものではなく、単純に中心部分をばっさりと切り落としたような切断面を写しているだけだ。

頭の形がわかるようになっているため、今表示されているスライスがどの部位なのかは、それを参考にすれば把握できる。

当然、たんなる位置情報なので精度は低く、細かい部分までは把握しようがないはずだった。

だが今、白夜はその位置情報画像を食い入るように観察している。

何かの答えがそこにあると確信しているかのように。

「これおかしい。こんなに下がってるはずがない」

またつぶやいて、今度は両手を目の前に持ち上げて、見えない本でも読むような仕種《しぐさ》を始めた。

「どこかにあった。確かにあった。こんな病態……間違いなくあった……」

虚空に浮かぶ透明な本を繙《ひもと》いていた白夜が、不意に動きを止めて、クシャッと何かを潰《つぶ》すような仕種を見せて、目の前で両手を祈るように組んだ。

「あった……見つけた……やっぱり」

振り返り、微《かす》かな笑みを浮かべて言った。

「やっぱりこれ、誤診だった」

そんな白夜を見ていると、何が何だかわからない岩崎も、肩の力が抜けてきて、思わず釣られて微笑んでしまう。

しかしそんな安堵《あんど》を吹き飛ばすように、壁のインタホンが激しいコールを鳴らす。

受信ボタンを押すまでもなく、赤いランプの点滅によって、それが緊急事態を告げるナースステーションからのコールであることが、一目でわかった。

7

10時過ぎに高森総合病院にやってきた将貴は、通用口で警備員に事情を伝えて通してもらうと、まずはDCTのミーティング室に向かった。

ところが荷物だけが置かれていて彼女の姿は見当たらず、まさかと思いつつも訪ねてみた野上の病室には、白夜はおろか当の野上すらいなかった。

何度か電話も鳴らしたが、捕まらないし、メッセージなどのリアクションもない。それもそのはずで、ミーティング室で電話すると、白夜の荷物の中で鳴り出した。

持ち歩いていないのだ。

インタホンの使い方がわからずにナースステーションにかけることができなかったので、直接行って聞いてみようと思って廊下を早足で歩いていると、反対側から白夜がやってきた。

「どこ行ってたんだ、白夜。捜したんだぞ」

「すみません、患者が急変して、ICUとCT室に行ってたんです」

白夜も汗だくで、顔色がよくない。

「急変って、誰が」

「野上さんです」

「えっ」

「ナースステーションから連絡が来て、野上さんが意識障害と嘔吐《おうと》でＩＣＵに運ばれたって。慌てて駆けつけたら、まだかろうじて意識があって、トイレでよろけて頭をぶつけたみたいなんです」

「それだけで意識なくしたり吐いたりするものなのか」

「野上さんは緊急搬送されてきた時、肝臓障害で播種《はしゅ》性血管内凝固症候群を起こしかけて、出血傾向が出ていました。しばらくは頭蓋《ずがい》内出血に注意が必要で、それもあって入院が長引いていたんです。だからちょっとの衝撃でも、脳の血管が破れてしまうこともあり得るんですが、それにしても最近は改善してたのにどうして急にこんな……」

思い入れの強い患者の急変だけに、さしもの白夜も動揺を隠せないでいる。

「で、どうなんだ、容体は」

「いま、またＩＣＵに運ばれてますが、ＣＴから診断した限りでは、急性硬膜下血腫《けっしゅ》だと思われます。すぐに手術が必要で、今その準備に入ってるところです」

「そうか。病院でよかったじゃないか。こんなに早ければ、まず助かるんじゃないか」

「そう思います。よかったです、頭開けられる人が当直でいて」

脳外科医の仙道が当直ということだろう。それは幸運だった。彼は今や、この病院の脳神経外科のエースだ。

「ただひとつ、気になることが……」

「なんだそれは」

「ICUで野上さんから、少しだけ違和感のあるアルコールの匂いがしたんです」

「なに？」

「ICUなら常に消毒用アルコールが使われていますから、それかとも思ったんですが、もっと甘い香りでした。お酒の匂いかもしれません」

「酒って、病室で？」

「もちろん病院には売ってません。だから可能性があるのは、お見舞いに来た誰かが持ち込んだということです」

「誰か来たのか、面会が」

「はい。私がいる時に受付からコールが入りました」

気になった。もしそれが安岡美保だとしたら……。

「野上さんの病室に行ってみよう。もし酒だったら匂いが残ってるかもしれない。そうしたら、白夜の嗅覚《きゅうかく》ならわかるはずだ」

「そう思って向かうところでした」

二人は同時に廊下を駆け出した。

野上の病室はさきほど将貴が覗《のぞ》いた時のままだった。ベッドもサイドテーブルも雑然としたままになっている。

慌ててICUに搬送したのがよくわかる。

白夜は部屋に踏み込むなり、将貴にはわからないアルコールの匂いを感知した。出会った時に見せた驚異的な嗅覚は健在のようだ。

「この匂いでした。甘いような……絶対に消毒用のエタノールとは違います」

「ウイスキーかもしれないな」

となると、誰が持ってきたのか気になる。

「面会が誰だったか調べよう。受付に訊《き》けばわかるだろう」

インタホンで訊いて、すぐに正体はわかった。予想通り、安岡美保だった。彼女は昨日の日曜日も来たという。

「なんのために、あの人、二日も続けて？　しかもお酒を飲ませたり……」

白夜も動揺が隠せない。

「気になるのは、その直後に野上さんが脳出血を起こしたことだ」

タイミングがよすぎる。偶然とは思えないではないか。

いつだってそうだった。この一連の事件は、偶然とは思えない偶然が重なり合い、最悪の結果に向かって落ちていく印象なのだ。

「酒の影響で脳出血という可能性は？」

「もちろんそれも一因ではあるでしょう。でも、今日訪ねた時の様子と朝方の診察のヵルテを見るかぎりでは、ちょっとお酒を飲んだくらいでそんなことにはならないと思います。かと言って、トイレで頭をぶつけたことだって、それを狙って安岡美保が何かできるとは思えません」

「それはそうだな」

ふと、ベッド脇のごみ箱が目に入った。何か大きなビニールの袋が捨てられている。手を突っ込んで拾い出す。

「差し入れを持ってきたらしいな」

ビニール袋には、入っていたはずの品物の名称が書かれていた。

『特選宮崎ドライマンゴー』とあった。

「ドライフルーツか」

「宮崎ドライマンゴー?」

白夜がいきなり袋を将貴の手から奪い取った。

「どうした白夜?」

「宮崎の生まれだと言ってました、野上さん。だから持ってきたのかな……いや、違う。マンゴーは確か……」

と、また両手を顔の前に出して本を捲《めく》る仕種《しぐさ》をし始めた。

その『答え』はすぐに見つかったらしい。血相を変えてごみ箱を摑《つか》むと、中身をベッドのシーツの上にぶちまけた。

「おい白夜、なにを……！」

「昨日は日曜日で、この病院はごみの収集は来ないはずです。ということは、昨日安岡美保が別の何かを持ってきたとしたら、ごみ箱に痕跡《こんせき》が残っているかも……これは……？」

丸めたラップのようなものを拾い上げ、匂いを嗅《か》ぐ。

「ごはんの匂いがする……」

「たぶんおにぎりをくるんであったラップだろう。食べたことあるだろ、おにぎり。晴汝の作ったやつ」

思い出したらしく、ラップを広げて中の米粒をつまみ出す。

そしていきなり口に放り込んだ。

「えっ、白夜、ちょっ……」

そのまま口をもぐもぐさせて、ごみ箱に吐き出すと言った。

「苦いです、これ。ごはんの味に何か混じってる。食べ物じゃない何か。たぶん、薬だと……」

言葉を詰まらせた白夜の顔から血の気が引いていくのが、傍《はた》で見ている将貴にも見てとれた。

「大変……このまま手術したら、野上さん死んじゃう！」

廊下に飛び出した白夜を追いかけて、並走しながら訊く。

「何が大変なんだ？　安岡は何を食わせたんだ、野上さんに！」

「乾燥させたマンゴーです。でもその前に昨日、おにぎりの中に入れて薬を食べさせた可能性があります。血を固まりにくくするワーファリンという薬を危険な量内服させたのだとしたら、ちょっと頭をぶつけただけで硬膜下に出血を起こした理由も説明がつきます」

「マンゴーはなんの意味がある？」

白夜はマンゴーの包みを見て、何かに気づいたようだった。

「マンゴーはワーファリンの効果を高めることが知られています。この組み合わせは危険なんです。ましてそんな状態で手術なんかしたら、出血が止まらなくなり助からないかもしれません。早く……」

息を吞《の》み込んで言った。

「早く執刀医に、水樹先生に伝えて手術の前に拮抗薬《きっこう》を投与してもらわないと！」

「水樹？　今、水樹と言ったのか。奴が執刀するのか！」

思わず白夜の腕を摑んで押しとどめる。

白夜は驚いて立ち止まり、将貴の腕を振りほどく。

「そうです！　あの先生は元は脳神経外科医で、久しぶりだけど自信はあるって言ってましたから……」

「だめだ、すぐに止めさせろ！」

「なんでですか！　CTの結果から開頭するしかない状態で……出血箇所は一つじゃない可能性もあるんです。すぐに手術をしないと、どんどん生存率が下がって……」

「あの男が犯人なんだ！」

「えっ……」

「あの男が、野上さんを殺そうとした真犯人なんだよ。詳しいことはあとで話すが、それがさっきわかったんだ」

　白夜は一瞬、石のように硬直した。

「俺の言うこと、わかるか。信じられるか」

「……将貴さんは、私に嘘はつきません」

「ああ、そうだ。嘘なんかつかない」

「で、でも……それじゃ……」

　へなへなと廊下に座り込む。

「どうすればいいの、どうすれば……」

　こんな動揺を見せる白夜は初めてだった。

　どんな状況でも崩れない冷静さが一番の凄《すご》みだっただけに、いきなり頼りなく見えてしまう。

　ここは自分がしっかりしないと。

　そう思って白夜の肩を揺すり、問いかけた。

「仙道はどうしたんだ、彼を呼んで手術を代わらせれば……」

「連絡が取れないんです。メッセージは送ってあるんですけど、どこにいるかわからなくて。今日はオンコールでもないし、夜の10時過ぎだとお酒を飲みに出ているのかも……」

「そうか……」

「他の脳外の先生たちは家も遠いし、一番近いオンコールの藤田《ふじた》先生も60分以上かかります。今から呼んでも間に合いません」

「仕方ない、水樹に切らせよう」

「えっ」

「その代わり白夜、君が目を光らせるんだ。手術室に一緒に入って、すぐ近くから奴の手技をじっと見つめて、おかしなマネをさせないように見張れ。それしかない、野上さんを助ける方法は」

賭《か》けだった。

いちかばちか。しかし他に手はない。

殺人未遂の真犯人が、命を狙っているターゲットの手術をする。しかも頭蓋骨《ずがいこつ》を開いて、脳にメスを入れるのだ。

ちょっとでも隙を見せれば、手術中の事故に見せかけて殺そうとするだろう。

それを阻止できるかどうかは、白夜の眼力にかかっている。

「やれるか、白夜」

将貴の呼びかけに白夜は立ち上がった。

「やれます。やってみせます」

白夜の目に、あの決して諦《あきら》めない意志のもたらす力強い光が戻っていた。

「よし、行こう、手術室へ」

「はいっ」

二人はまた走り出した。

手術室という名の決闘場に向けて。

8

久しぶりの手術用手袋の感触だった。

6年ぶりになるだろうか。

あの致命的なミスを犯した執刀以来、この眩《まばゆ》い光の下に立つことはなかった。また立つことになるとも思っていなかった。

実際、それは予定外だったのだ。

ワーファリンとマンゴーの組み合わせは、出血傾向を強めるとの報告が多数ある。機序は不明だが、ワーファリンコントロール下の臨床で得られた観測によると、マンゴーの摂取によって血液のさらさら度をあらわすPT－INRの値が、大きく上昇することがわかっている。

見た目の量以上に成分を多く含むドライマンゴーの徳用サイズを1袋も食べれば、確実に効果が発揮され、ワーファリンの血液凝固因子抑制作用とあいまって、眠りについた深夜のどこかで脳内か硬膜下に出血が始まり、朝までには冷たくなっている計算だった。

それが、野上がトイレで転倒し頭を打ったことで、こんな時間に出血が始まってしまったのだ。

しかし、そういう可能性も考えて、勤務医たちの申告スケジュールから見て麻酔科の専門医の多くが学会で出払っていて、オンコールの脳外科医が遠方在住者であるこの日に、自分の当直を入れて計画を決行したのである。

以前アセトアミノフェン中毒を狙った日も、当直で病院に詰めていた。新米の研修医に単独で当直の取り仕切りを任せることで、自分自身は鎮痛薬の点滴投与を手がけずに済むと考えたのだ。

港医科大病院の時はアルバイトで投薬を担当したが、今回もそうなってしまうのは、ややリスキーに感じたからである。

上級医として研修医の指導をする中で、たまたま任せてしまっただけなら、関わりはほとんどないと見える。

今夜も彼は隣で、まだ何も始まっていないのに、緊張で汗を浮かせている。おそらく麻酔科医、看護師2名を含めて5名という最少人数での緊急開頭手術など、初めての経験なのだろう。

こんな若い研修医が第1助手に入ることなどまずあり得ないことで、手術現場の経験が多少はあるにしても、せいぜい第2助手の立場なはずだ。脳外の手術においては、第2助手はほとんど手術に関わることはない。

手術用機材のとりまわしは臨床工学士がやるし、器具を扱うのは看護師、追加で必要になった血液、薬剤などの手配なども看護師の仕事だ。

となると第2助手はほとんど、手術の見学をしにきている体なのである。

しかしこの手術はそうはいかない。臨床工学士もいないし、第1助手として執刀医の手伝いをするのはもちろん、麻酔科医の手伝いから機材の管理、脳外の経験がある看護師が一人でもう一人は二十代半ばの若手となると、普段は看護師が担う仕事もこなしていかなくてはならないのだ。

緊張するのも無理はない。

この様子なら、これから行われる執刀がどんなものかもろくに判断できないだろう。

当然ながら、どういう執刀ミスで患者が命を落とそうとも、それを故意だと看破する眼力など、持っているはずもなかった。

「……では、これより左側頭部硬膜下血腫《けっしゅ》除去手術を行います」

研修医の岩崎は早くも額に浮いている汗を看護師に拭《ぬぐ》ってもらいながら、

「はい、水樹先生」

と、弱々しく返事をした。

血液検査も、緊急手術だからと言って今朝の結果で代用することで麻酔科医も納得しているし、すでに手術部位周辺の剃毛《ていもう》は済んでいて、十分に麻酔も効いている。いよいよ執刀だ。

水樹は思った。

なるべく早く終わらせよう。

時間をかけすぎて、万が一、オンコールでもないのに脳外専門医の仙道が戻ってきたら、やっかいなことになる。

「さて、ではまず頭皮切開を行います。メス――」

と、水樹が看護師に向かって右手を差し出したその時だった。

「水樹先生！」

外回りの若い看護師が、手術室の扉を見て呼びかけてきた。

「どうした」

差し出した手を宙に戻し、扉の方に目をやる。

扉上部のガラス窓の向こうでマスクをした人影が見えた。

一瞬消えて自動ドアが開く。

「入室します、許可を」

と、女の声。

「だめだ、手術中だぞ」

いらだって大声になる。

「入ります」

制止したにもかかわらず、その女は開いたドアから手術室に足を踏み入れてきた。

「おい、誰だ。今は手術中なんだ。許可なく入るなんてあり得ないぞ」

見るとその女は、手に薬剤らしきものが入った医療コンテナを提げている。

手術着に身を包みマスクをしていたが、ゴーグルは付けておらず、その印象的な目を見ただけで誰だかすぐにわかった。

雪村白夜だった。

「白夜さんか。どういうつもりだ……」

両手を掲げた状態のままで言うと、白夜は平然と近づいてきて、若い看護師にコンテナを渡し、

「仙道先生に言われてきました」

と、手袋をした手で耳の辺りを示す。

そこには白いイヤホンコードが伸びていて、下は手術着のポケットに続いている。ポケットにはスマホらしきものが入っていた。

「今も繫《つな》がっていて、指示を仰いでいるところです」

携帯電話で仙道と繫がっているというのか。

いったいなんのためにそんな……。

「だからどうした。執刀医は私だぞ」

水樹は平静を装って言った。

「はい、しかし先生は当直でおられただけで、脳外科の専門医ではありません。せっかくこうして連絡が取れたので、当病院の脳外科医として入院中に倒れた患者を救う責任がある、仙道先生の指示に従っていただけませんでしょうか」

そう言ってじっと水樹の目を見つめたあと、やおらその視線を斜め上に動かした。

釣られて見ると、やや上に設置されたガラスで仕切られた見学室から狩岡将貴が見下ろしている。その脇には、常備されている三脚に載った手術撮影用のビデオカメラがあり、手術台に向けられて赤い撮影中のランプが灯《とも》っていた。

動画撮影しているのか。

なんのためにこの手術を録画する？

理由は一つしか思い当たらない。

水樹に疑いを抱いているのだ。

なぜ気づいたのかはわからないが、彼は、いや彼と白夜は、水樹がなぜ野上の手術を買って出たのか、その狙いに勘づいているのではないだろうか。

いや落ち着け、そんなはずはない。何を根拠にそんなことを考えるというのだ。証拠はなにもないし、どこをどう調べても、自分に辿《たど》り着くはずはない。

自分に言い聞かせながらも、ここは仙道の指示を受けながら手術をするという、白夜の提案に従うべきだと判断した。

手術に入ってしまえば、チャンスはいくらでもある。何しろ手にはメスがあり、これから頭蓋《ずがい》を外し脳に向けてそれを振るうのだから……。

いや、それ以前にどんな手練《てだれ》が手術をしたとしても、今この状態の野上の頭を開けば、絶対に助かることはない。

ここで無理をして白夜の提案を拒絶して、あらぬ疑いをかけられては損というものだ。どうせ助からないのだ、この患者は。たとえ真剣に腕を振るい、本気で助けるための手術を行ったとしても。

「わかりました。では仙道先生の指示を仰いで手術を開始しましょう」

マスクとゴーグルの下でいつもの笑顔を作ってみせたが、残念ながら誰もそのことに気づいた様子はなかった。

9

水樹が白夜の無茶な提案を受け入れた。

なんとか第一関門は突破したようだ。手術の現場責任者である執刀医の了解がなければ、手術室に入ることはできない。ましてや医師でもないいち実習生が手術に口出しをするなんてことは、常識的にはあり得ない。

だから白夜には、正式な脳外科医である仙道の名前を使って、指示を仰いで伝えるために来たという体で水樹にアプローチさせたのである。

しかし、それを水樹が受けなければ万事休すだった。そのために、将貴はすべてのやりとりを見学室からビデオ録画することにした。

録画されているとなれば、後ろ暗い目的のある水樹は、病院内ではただの実習生とはかけ離れた特別な位置づけにある白夜を、うかつに拒絶できないのではないかと考えた。

それでも拒絶されたら、もう最後の手段に訴えるしかなかった。

麻酔医、看護師たち、それに研修医の岩崎がいる前で将貴が摑《つか》んでいるすべての状況証拠を突きつけて、ここで野上の手術を失敗することは、彼が証拠隠しのために故意に行う殺人に等しいのだと、真っ向から勝負を挑むしかない。

もちろん、それで野上が助かるという保証はなく、水樹がそこまで言われてどういう行動に出るかは、まったく読めない。

しかも余計な時間を使ってしまうために、野上の救命率を下げることにも繫がってしまうだろう。

しかし、結果として最悪の選択は避けられ、水樹は白夜を通じて仙道がリモートで手術の指示を出すという提案を、あっさりと受け入れた。

ただ、将貴は彼がきっと受け入れるのではないかと考えていたのだ。

彼は確信があるに違いない。

たとえわざと失敗などせずに正しいやり方で手術をしたところで、野上は助からない。

そうタカをくくっているのだ。

しかし――。

「では、手術を再開します」

見学室のスピーカーから、水樹のはきはきとした声が響きわたる。

「待ってください、水樹先生」

看護師にメスを要求しようとする水樹を、またしても白夜が制止する。

「このままで開頭手術を開始してしまえば、患者は助かりません」

「なんだって。どういう意味だねそれは。ぐずぐずしていたら、そのほうが患者の命を危険に晒《さら》すことになるんじゃないのか」

「聞いてください。野上さんは、ただ頭をぶつけたというだけで硬膜下出血を起こしたわけではないんです」

「ではどうだというんだ」

「彼は硬膜下出血を起こすリスクのある、血液凝固因子抑制剤ワーファリンを、規定をはるかに超える量、飲まされた可能性があるんです」

「なんだと？」

マスクとゴーグルで隠れていても、水樹の顔色が変わるのが見て取れた。

どうやら図星らしい。

「彼の病室にその痕跡《こんせき》が残っていました。わずかな量ですが採取してあるので、あとで検査に回すつもりです」

水樹のみならず、その場にいる看護師や麻酔医、岩崎も驚きを隠せずに、白夜の発言に固唾《かたず》を呑《の》んでいる。

「しかも病室には、ワーファリンの作用を著しく亢進《こうしん》すると言われているマンゴーを食べた形跡もありました。この二つの相互作用を知っている医学に詳しい人間の仕業に違いありません」

この切り込みは大胆にして周到だ。他の医師や看護師たちのいる前でそれを口にすることで、水樹はさらに下手な行動に出にくくなると踏んだのだろう。

「ばかげた妄想だな」

水樹は苦笑して言った。

「誰がそんなことをするというのかね、この患者に。なんの得があるというんだ」

「その話はあとにしましょう。今はどうやって、ワーファリンの影響を抑制しながら、硬膜下血腫《けっしゅ》除去手術を行うか、それに集中思考しなくてはなりません」

「ビタミンＫの投与ですか」

岩崎が割り込んだ。彼も心なしか興奮しているように見える。何かとんでもないことが起きようとしていると、本能的に感じているのかもしれない。

「いえ、それでは間に合いません。ここにケイセントラを持ってきています」

と、さきほどコンテナに入れて持ち込んだ薬剤の入った容器を取り出してみせる。

「溶解液バイアルですぐに静注できるようにしてあります。水樹先生、こちらを静注してよろしいですか」

白夜はここに来る前に生理食塩水に溶かしてあった薬剤を、麻酔科医の小田切《おだぎり》に手渡した。

「よろしいですか、水樹先生」

小田切が受け取って、水樹の許可を仰いだ。

「投与お願いします」

と、水樹が小さく舌打ちして答えると、小田切はすぐにそれを、野上の腕に繋がっている点滴の側管《そくかん》に繋ぎ注入する。

黙って見届けて、水樹は忌ま忌ましそうに言った。

「これで気が済んだかね」

「いえ、これからです」

白夜と水樹の間に言葉にならない緊張が走ったのが、傍《はた》で見ていてもよくわかった。火花が散ったかのようだった。

「いつ開頭に入ればいいか、仙道先生に訊《き》いてくれたまえ、白夜さん」

両手を無様にかざしたままで、水樹が言うと即座に白夜が返す。

「いえ、まだしばらく開頭はしません」

「なに？」

「効果が早いとはいえ、ケイセントラが十分に効いてくる前に開頭すれば、大出血が起こるリスクがあります。それよりはまず、硬膜下に溜《た》まっている血腫の圧力を下げて、ワーファリンの効果が落ち着くまでの時間を稼ぎましょう」

白夜は手術室のモニターに映し出されているCT画像に近づいて、指先で部位を示しながら、

「この部位にハイスピード・ドリルで穿頭《せんとう》を行い、ドレーンを通して血腫をある程度排出します。患者は少し前に肝障害から播種性血管内凝固症候群《DIC》を起こしかけていたので、血小板を使い果たしてもいるはずですから、多めの輸血でそれを補いつつ、ケイセントラの効果が出てくるのを待ちましょう」

それを聞いて呆然《ぼうぜん》としている水樹を見て、「……そう仙道先生がおっしゃっています」と、白々しく付け加えた。

水樹の表情がこわばる。

おそらくこの時点で彼も、敵は仙道ではなく目の前にいる医師免許もない実習生なのだと気づいたはずだ。

「了解しました。では穿頭を開始します。スキンマーカーを」

水樹は看護師に向かって右手を差し出した。

10

野上の手術は仙道の言葉を借りた白夜の指示に従って、粛々と行われていった。

将貴には見当もつかなかったが、白夜の表情を窺《うかが》う限りでは、水樹の手技に怪しい部分はなさそうだった。

水樹にとっては不本意だったはずだが、ちょっとした動きにも事細かに指示を出してくる白夜の眼力を前にして、致命的なミスを故意に行うことは困難だったに違いない。

しかし、諦《あきら》めたとも思えない。

ここでまた野上に生き延びられ、彼が二度にわたって安岡美保に命に関わる薬を飲まされたと知れば、今度こそすべてを話してしまう可能性がある。そのことは水樹も感じているはずなのだ。

「硬膜を切開します。硬膜切開剪刀《せんとう》を」

「はい」

看護師が渡した小さな鋏《はさみ》をつかって、切断し外した頭蓋《ずがい》の下に露出した硬膜を慎重に切っていく。素人の将貴の目から見ても、水樹の手術の腕は確かに思える。

「慎重にお願いします、水樹先生。脳を傷つけないよう鋏を手前に起こし気味に」

白夜の言葉に返事もせず、黙々と手術を続けている水樹は、本当に患者を救いたい気持ちでそれを行っているようにみえる。しかし、そんなはずはないのだ。彼は人を殺すことになんの抵抗も感じない冷血漢なのだから。

今、この瞬間にも隙あらば、致命的な一撃を露出していく患者の脳に加えてやろうと、虎視眈々《こしたんたん》と狙っているに違いない。

白夜は白夜でそれを阻止するために、水樹の指先のほんの微《かす》かな動きにさえも神経を尖《とが》らせて、彼の思考を先読みしながら言葉を投げかけているのだ。

まさに果たし合いのような空気が、手術室に張りつめていた。

ただでさえ緊張させられる手術室の光景が、命を賭《か》けた決闘の場のように見えてくる。

脳を覆う硬膜が切り裂かれて脳そのものが露出すると、やや固まりかけてドロリとした血腫が露《あら》わになり、その下から脈動に合わせて血が溢《あふ》れ出ているのがわかる。

しかし出血量はさほど多くない。

あらかじめ穿頭を行いドレーンで血を外に流していたおかげだろう。白夜の的確な判断が功を奏したのである。

「ここからは出血部位の特定です。ワーファリンの過剰作用による硬膜下血腫ですから、脳挫傷《のうざしょう》は起こしていないはずなので、血腫をていねいに処理すれば特定できるはずです。お願いします、水樹先生」

「そのつもりですよ」

助手の岩崎も加わって血腫の除去作業が行われていく。ゼリー状の血の塊が減っていくと、白っぽい脳の本体が見え始め、その一部から血が湧いているのが見てとれた。

その辺りの血管が破れたのが原因なのだろう。

「捕まえた。よし、止血する。バイポーラを」

左手に持ったハサミに似た道具——おそらく鉗子《かんし》というものだろう——それを使って血管を摘《つ》まみながら、水樹が看護師に向けて右手を差し出す。

コードの付いた歯科の道具のようなものが渡されると、水樹はいよいよ血管の止血作業に入っていく。

「よし、いいぞ。うまく焼けて止血できそうだ……」

黙って手術をしていた水樹が、自分の手技を説明するようにしゃべり出したのが気になった。

「うん、止血できそうだ……これで……終わりだ……」

水樹が大きく息を吐きだし、緊張で上がっていた肩をゆったりと下ろしてみせた。

「止血終了。あとは硬膜を縫合します。少し縮んでいるようなので、人工硬膜の用意をしておいてください。足りなければ使うので」

「はい、先生」

手術スタッフの緊張が解けていくのが、遠目によくわかった。執刀医の言葉がそうさせたのだろう。もう大丈夫、手術は成功だ、と――。

「待ってください」

不意に、白夜が声をあげた。

「なんだ、まだ何かあるのか、君は」

水樹がうんざりしたように顔をしかめる。

「止血がちゃんとできたか、確認させてください」

「止まってるだろう、現に」

「今はそうです。でもバイポーラの使い方が浅かったら、組織でなく血の塊をほんのわずかに焼いただけだったら、かさぶたが出来て今は血が止まっているけれど、硬膜を閉じたあとでまた出血が始まるかも知れません」

「いい加減にしてくれ！」

水樹が大声を上げた。

「そんなに言うなら、君がやればいいだろう。さあ、バイポーラを渡すから、ここにきてやってみせてくれ。ほら！」

手に持ったあの歯科のドリルのような機材、バイポーラを、白夜に向けて突き出す。

「できません。私はまだ医者ではないので、それは許されていません」

「ほう、そうかい」

水樹はおかしそうに笑って言った。

「だったら研修医の岩崎くんがやるのはどうだ？　なあ、君だったら医師免許もある、立派な医者だ。君がやりたまえ、あそこの白夜大先生のご指導で。な、それがいい。ほら、受け取りたまえ」

なんとも品のない、攻撃的な口ぶりだった。普段はにこやかで紳士的に振る舞う彼の、歪《ゆが》んだサディスティックな本性を見た気がした。

「む、無理です、僕には……」

岩崎はすっかり腰が引けてしまっている。無理にやらせても、大失敗をしでかすに違いない。

「じゃあ麻酔科の小田切先生、あんたがやってはどうかな」

「無茶言わないでくださいよ、水樹先生」

小田切は、なぜこんなトラブルになっているのか理解できない様子だ。

「そうですよね、すみません。ほんとに、なんなんだあの実習生は。ねえ？」

と、意地悪そうに小田切に向かって笑いかける。

「私がやります」

白夜が声をあげた。

「私がやってみせます。部位も手技も今見た通りに再現すればいい」

「ほう。そうか。ただそれは違法行為だぞ。医師でもない君が手術に直接関われば、法に違反することになるんだ。実習生が手術器具を使って一番大事な止血作業をやるなんざ、私は許さない。君は退学になり、医師免許を取ることは出来なくなるんだ。それでもやるのか？」

「はい、かまいません」

白夜は本気だった。

「よせ、白夜！」

将貴は叫んだが、ガラス越しの白夜には届かない。

引かない白夜の迫力に気圧《けお》されながらも、水樹はまた笑って言った。

「よーし、いい覚悟だ。見ててやるから、やってみせろ！　私の手術の不備とやらを、君の手で修正してみせてくれ。さあ！」

そう言ってバイポーラを差し出す水樹を一瞥《いちべつ》して白夜が、

「着替えてきます」

と、彼に背を向けて出口に向かおうとしたその刹那《せつな》だった。

「はい、そこまでだよ、白夜さん」

手術室のドアがいつのまにか開いていて、手術用ガウンに身を包んだ男が立っていた。

脳外科医の仙道だった。

「仙道先生……」

白夜はよろけて、泣きそうな笑顔で仙道を迎えた。

「もう大丈夫。いいよ、下がってて」

「はい……」

「えーと、水樹先生。久しぶりの手術、お疲れ様でした」

深々と頭を下げながら、手術台に近づくとまだバイポーラを持ったままの水樹に向かって手を差し伸べて言った。

「ここから先はおまかせください。手術ってしばらくやってないと、ちょっとした手違いもあるかもしれないから、いちおう僕が確認のうえ、なにかあれば処置しておきますので、ご安心ください。本当にありがとうございました」

「そうか。じゃあ、あとはおまかせしよう。頼んだよ、仙道先生」

力なく微笑んで仙道に手術機材を手渡すと、水樹はふてくされたように振り返りもせずに手術室を出ていってしまった。

「仙道先生、状況は……」

白夜が訊《き》くと、仙道はマスクの下で笑って、親指を立ててみせた。

「大丈夫。事情も含めて逐一、将貴さんからの電話を通して聞いてたから。もう心配しないでいいよ。僕が必ず助ける」

「ありがとうございます。お願いします」

白夜はそう言うと、安心して貧血を起こしたのかその場によろよろとへたり込んでしまった。

11

野上の手術は成功に終わった。

白夜の見立て通り、水樹の行った止血は不完全で、血腫《けっしゅ》部分を焼いてかさぶた状にしただけのものだったようだ。あのまま硬膜を閉じて手術を終えていたら、そう遠くないうちにかさぶたが剝《は》がれ、また出血を起こしていた可能性が高い。

もしそれが全身麻酔で昏睡《こんすい》状態にあるうちに起きてしまえば、脳で致命的な出血が起きていることを知る術《すべ》はなく、心肺停止によって初めて発覚することになっていたかも知れなかった。

しかし不完全な手術を水樹が故意に行ったのは間違いないとしても、その責任を追及されることはないだろうというのが、後始末をした仙道の意見だった。

仙道に交代したことで事なきを得たし、そもそも今の水樹は内科医なのである。昔取った杵柄《きねづか》で手術をしたものの、やはりミスが出てしまったと言われれば、それ以上は責められないだろう。

しかし彼には、必ずすべての事件の責任を取らせなければならない。

野放しにしてはならないのだ。この冷酷にして卑劣な男を。

そのためにはまだ、いくつか越えなくてはならないハードルが残されている。

野上の手術が終わった時、白夜は岩崎に肩を貸されて連れ出された手術準備室のソファで眠りこけていた。

前の日からほとんど寝ていなかったうえに、手術現場での水樹との対決で疲れ果てたのだろう。揺すっても何をしても目を覚まさない。

仕方なく将貴が背負って、タクシーに乗せて家に連れて帰ったのだった。

そのまま翌日の昼近くまで眠り続けた白夜だったが、目を覚ますと食事も摂《と》らずにすぐに、寝起きのクシャクシャの髪のままで居間で仕事中の将貴のところにやって来た。

「お願いがあります」

「どうした血相を変えて。昨日は大変だったんだから、少しゆっくりしてればいいのに」

将貴も溜《た》まっている仕事を片づけたい。

「だめです。一刻も早く動かないと、人の命がかかってるんです」

「まだそういう話なのか」

仕方なくやりかけの仕事を中断してノートパソコンを閉じ、

「なんだ、言ってみてくれ」

と、隣に正座している白夜に向き直る。

「海江田さんに電話をかけてください。すぐに送ってほしいものがあります」

白夜はそう言って、勝手に将貴のスマホをテーブルから拾い上げて、無遠慮に目の前に突き出してきた。

「送る？」

「はい。それが届き次第、病院に行きます。里中院長に会いに」

「院長に？　じゃあ、いよいよか」

「はい。彼の欺瞞《ぎまん》を暴いて水樹医師を追い込みます」

「すごい、白夜ちゃん湯気が上がってるよ、頭から」

お昼の用意をしていた晴汝が、居間を覗《のぞ》き込んできた。彼女も夜勤明けでさきほど起きたところなのだ。

医療関係者は看護師も含めて、本当に激務だと思う。

「頭から湯気、ですか。本当に？」

と、白夜は自分の頭とおでこに手を当てて首を傾げる。

「やぁね、ものの喩《たと》えよ。そんな風に見えるっていう意味」

と、くすくす笑う晴汝を見て白夜は、

「そういうのわからないです。ちゃんと教えてください、晴汝さんが」

と、口を尖《とが》らせた。

「そうね、教えてあげないとだね、まだまだいろいろと。だってまだ、六歳だもんね」

晴汝は白夜の頭を撫《な》でた。

「少し頭を冷やしてからいくといいよ。冷静なほうが白夜ちゃんらしいもの。そのほうが、きっといい結果になると思う」

我が妹ながら、なかなかにいいことを言う。

その通りである。

冷静にロジカルに接するべきだ。

彼が権威という名の病に取り憑《つ》かれた患者のようなものだとするなら、これから白夜は医師としてその治療に向かうのだから。

「はい、そうします」

と、晴汝を見てうなずく。

「そういえば、お腹がすいてるみたいです。ごはん、何かありますか」

「いま作ってるところよ。腹が減っては戦が出来ぬって言うからね」

「あ、それ知ってますよ。誰が言ったんですか、それ」

「さあ、誰だろ。お兄ちゃん、知ってる？」

「知らないなぁ。諺《ことわざ》としてしか」

「もうーっ、元新聞記者で今は出版社の人でしょ。それくらい知らないの？」

と、晴汝は笑った。

白夜も笑っていた。ごく自然に笑顔になっていた。

人は人と出会う中でしか、学べないものがあるのだと、彼女の屈託ない笑顔を見て感じるのだった。

12

その午後、高森総合病院はどこか不穏な空気に満ちていた。

昨夜の緊急手術の件が、研修医の岩崎や麻酔科の小田切、二人の看護師といったあの場にいた者たちの口から、あっという間に広まったのだろう。

当直だった水樹はこの日は休みで、それだけに誰もブレーキを踏むことなく、噂は拡散していったようだ。

「大変でしたよ、あの後、みんなに問い詰められちゃって」

将貴の顔を見るなり小声でそう話す仙道だったが、大変というわりに妙に興奮状態で、この先に何が起きるのか興味津々らしい。

「まだいちおうわからないですから、あんまり話さないでおいたんですけど、水樹先生の手術が白夜さんの言った通り危険だったことは、事実なんでしゃべっちゃいました。まあ看護師も岩崎くんも小田切先生もいましたしね。僕が話さないでも連中からだいたいのことは伝わってるみたいで」

欠席裁判がすでに始まっているようだ。

水樹は確かにスマートで看護師たちには人気だと聞いていたが、嫌われている里中院長が肝煎《きもい》りで引っ張って副院長に据えたこともあって、快く思っていない者もいたに違いない。

「まあ、いいんじゃないのか。あの男はもはや医者じゃない。絶対に許しちゃいけない犯罪者なんだ。必ず正体を暴いてやるさ」

将貴は、はっきりそう伝えた。

そのために白夜と二人で、これから里中に面会に向かうのだ。

里中も卑劣だとは思うが、しょせんは操り人形だったのだろう。ただ、白夜にとってはまた別の思いがあるようだ。

詳しいことはまだ聞いていないが、27年前に彼がくだしたALSの診断が、誤診であることは間違いなさそうだ。

誤診はどんな医者であっても起こしかねない過ちだが、それを脅迫材料にされて結果として犯罪に加担することになったのは、許しがたい卑劣さだと思う。

しかし、白夜の憤懣《ふんまん》の理由はそれだけではなさそうなのだ。

院長室に向かって歩く白夜は、晴汝の助言通りに努めて冷静さを保とうとしているようだったが、胸のうちに燻《くすぶ》る怒りは、そのいつにない歩みの速さからも感じられた。


「失礼します」

ノックするなり返事を待たずに、白夜は院長室の扉を押し開けた。

里中は自分のデスクではなく応接セットのソファに腰掛けていた。

外様《とざま》の彼にわざわざ話しかける者はこの病院には少ないだろうから、昨夜の出来事はまだ耳に届いていないはずだ。ただ、病院全体に漂ういつもと違う空気は、多少なりとも感じていたのかも知れない。

テーブル上の灰皿は、以前に訪れた時はただの置物のようだったのに、山盛りの吸殻で溢《あふ》れかけている。コーヒーも何杯か飲んだのだろう、部屋はそれらの香りで溢れていて、匂いだけ嗅《か》ぐと場末の喫茶店のようだった。

「おお、白夜さん狩岡さん、会って話したいことがあるとのことだったが」

ソファでふんぞりかえっていた里中が、二人の顔を見て立ち上がる。

「はい、先生が27年前に海江田朝絵さんという女性にくだした診断について、お話しさせていただきにきました」

いきなりその話から入るのか、と驚いたが、無駄な世間話をする理由は、よく考えればひとつもない。

顔を合わせるなり核心に迫る発言をぶつけられて、里中の顔から笑みが消えた。

「なんの話だね、それは。27年前の誰の診断だって？　そんなもの憶《おぼ》えているはずがない」

「いいえ、あなたは憶えています。忘れていたかも知れないけれど、思い出された。3年前、水樹医師に指摘されて」

「水樹先生にだと？」

里中は見るからにうろたえた。この様子からだけでも、彼が主犯ではないとわかる。将貴の見立て通り、里中は保険金殺人などを自ら企てるようなタイプではないのだ。

「ばかばかしい、そんな根も葉もない話をしに、ここに来たのかね。だったらさっさと出て行ってもらおう。私も暇ではないんだ」

おろおろと、ポケットから煙草を取り出してくわえ、ライターで火を付けようとするが、手が震えてうまくいかない。

「27年前、あなたは港医科大学附属病院でALSについて多くの論文を著し、内外に高い評価を受けていた。そんなあなたの許《もと》に、すでに日本を代表する起業家の一人という地位を築いていた海江田誠氏から、娘の朝絵さんを診察してほしいという申し出がありました。彼女が示した筋力低下をはじめとする症状をALSではないかと疑ってのことでした」

白夜は淡々と語っていく。里中は相変わらずブツブツと、小声で反論めいたことを口にしていたが、お構いなしである。

「あなたはMRIをはじめとするすべての検査を駆使して、最終的に彼女の病気を進行性のALSであると診断しました。ところがそれから24年してあなたの許に、以前より交流のあった元脳神経外科医が訪ねてきました。そしてこのMRI画像を、あなたに突きつけてこういったのではありませんか。あなたが27年前に海江田朝絵さんにくだしたALSの診断は、誤診だったと」

白夜はそう言って、脇に抱えていたiＰａｄをテーブルの上に置き、モニターに映し出されているＭＲＩ画像を里中に向けて見せた。

その画像の意味は、将貴にはわからなかった。しかし、里中はわかったようだ。火を付け損ねた煙草を、いらだたしく灰皿に投げ捨てたことからも、それは明らかだった。

「私が朝絵さんのＡＬＳに疑惑を抱いたきっかけは、彼女の舌を見たことでした。ＡＬＳは全身の運動ニューロンが侵される病気です。舌の筋肉を動かすためのそれも例外ではないはず。なのに彼女の舌は、健常者のものと変わらない状態だったんです」

将貴は思い出していた。

朝絵の口に、スプーンに載せたプリンを運んで、そっと食べさせている白夜の姿。

そうやって患者に近づき、接することでしか、医者は病の真実に辿《たど》り着けないこともあるのだと、白夜はあの時、体験として学んだに違いない。

「私はそれから、彼女がかつて受けたＭＲＩの画像をずっと検証し続けました。でも、画像本体をいくら見ても、それがＡＬＳ患者のものではないという根拠は見つからなかった。しかし答えは、ＭＲＩの位置を示すための、小さく不鮮明な画像の方にあったんです。輪切りにされた画像が、どの部分のものなのか、それを示すだけの画像です。そこには、この3年前のＭＲＩにははっきりと写っている、ある病気に特徴的な症状が、よく観察すれば見てとれました」

と、目を逸《そ》らそうとしている里中を追いかけるように、白夜はiＰａｄを両手で掲げて突きつける。

「よく見てください。このMRIを。小脳が脊髄《せきずい》の中に落ち込むように、下垂している病態がはっきりとわかるはずです。目を逸らさずに見てください、里中先生！」

白夜は声を荒らげた。

里中は反論しようもないのか、黙ってちらちらとその画像に視線を送るだけだ。

「おわかりですよね。これはALSではなく、終糸《しゅうし》という脊髄の下――」

白夜は立ち上がり、自分のお尻《しり》の辺りに手を当てて続ける。

「この辺りの末端にある繊維が、先天的に異常に緊張した状態にあったために、脊髄と神経系が下にひっぱられてしまい、小脳扁桃《へんとう》が大後頭孔《だいこうとうこう》から下に落ち込んでしまうために起こる、キアリ奇形1型という病態です。朝絵さんのように、ALSに似た全身の麻《ま》痺《ひ》や筋力の低下が起きるケースもありますが、手術によって劇的に改善する可能性があるものなんです」

白夜の追及に、里中は何も言い返すこともなくただ顔を両手で覆うばかりだった。

「里中先生、あなたは3年前、水樹医師からこの誤診の話をされましたね。そして、きっと脅迫めいた言い方で迫られたに違いありません。彼はその時、海江田誠さんが娘のために作った療養施設の医師でしたから、あなたの誤診を彼に告げて責任を問うつもりだと、そう言われたのではありませんか」

「27年前の話なんだ……」

蚊の鳴くような声で、里中は答えた。

「今のようにMRIも性能が高くなく、小脳扁桃の下垂までは読み取れなかったのだよ。あなたが言ってるように、位置画像によく見れば兆候が写っていたようだが、そこまでは考えもしなかった……私でなくても、あれはALSだと診断したはずだ。ほとんどの医者がそうしたはずなんだ……」

「仮にそうだとしても」

白夜は言った。

「3年前の時点であなたは、本当の病名を知ったはずです。なのにそれを海江田さんに知らせようと、なぜしなかったのですか」

「そ、それは……」

将貴にも白夜の怒りの理由がよくわかった。彼女は誤診が許せないのではない。それを知りながら、見殺しにしようとした欺瞞《ぎまん》が看過できなかったのだ。

「保身ですよね、里中院長」

将貴が白夜の代わりに言った。もしかすると白夜には、なぜ彼が真実を知りながら患者に伝えなかったのか、その理由が本質的には理解できないかも知れないと考えたからである。

「あなたはALSの研究に長く携わり、そのジャンルにおいては権威と言われている。そのあなたが、よりにもよって日本を代表する起業家である海江田誠氏の一人娘を、致命的な誤診で全身不随に追い込み、彼女の人生を台無しにしてしまった。そのことを海江田氏が知ったらどうなるのか。医療業界が知ったら、学会が知ったら、世間が知ったら自分はどうなるのか。それが怖かった。だから見殺しにした。もうこのままALS患者として亡くなってくれたらいいと、そう思ってしまった。違いますか、里中院長」

里中は押し黙るだけだった。

その沈黙がすべてを物語っていた。

「少なくともこの3年間」

白夜は立ち上がり、里中に向かって身をのり出す。将貴の言葉から、里中がなぜ朝絵を見殺しにしようとしたのか、その意図、冷酷さ、卑劣さが理解できたのだろう。澄んだ瞳《ひとみ》に怒りの涙を溜《た》めている。

「朝絵さんを見殺しにしようとしたこの3年間について、あなたは言い訳のしようのない責任を負っています。ただ誤診をしたということではすまない責任です。自分の身を守るために人の命をないがしろにしたという事実。もし気づかなかったら、あの人は安楽死を選んでいたかもしれない。そして今から正しい診断に基づいた治療を行い、あの人が健康を取り戻したとしても、その3年間は戻ってきません。私はあなたを、絶対に許しません」

「……き、君は……」

目線を合わせてきた白夜を見て、里中は驚きの声をあげた。

里中はようやく、目の前で自分を責めたてている若い女性の相貌《そうぼう》が、かつて自分が誤診してしまった少女時代の朝絵に瓜《うり》二つであることに気づいたようだった。

「いったい君は……どういうことだ、これは……」

彼にその理由がわかるはずはない。しかし、だからこそ恐ろしかったのだろう。まるで遠い過去に、自分が絶望に追い込んだ患者の亡霊に責めたてられているような、そんな感覚に囚《とら》われたに違いなかった。

そのことが、里中の動揺をさらに掻《か》き立てたようで、震えながら目を逸らし、頭《こうべ》を垂れて呟《つぶや》いた。

「申し訳なかった……本当に……」

もはやそこにいるのは、医学界の権威でもなければこの病院の院長でもない、自分の過去の過ちに怯《おび》え、追い詰められた哀れな初老の男にすぎなかった。

「そう思うなら、あなた自ら海江田さんに、朝絵さんにその思いを伝えてください。謝ってください」

「わかりました……そうします……」

「そしてもうひとつ、あなたはやらなくてはならないことがあります」

白夜のその言葉を受けて、将貴が言った。

「あなたは誤診の事実に気づいた水樹医師に、病院の投薬ルールを細かく規定するように進言されましたね。誤診の事実を黙っているかわりに、と」

「……ええ、確かに。リストを渡され、その通りにするように、と」

「従ったんですね、それに」

「はい。それくらいのことで済むならと思って……」

「理由はなんだったんですか。水樹医師がそんなことを、当時港医大病院の副院長だったあなたにさせた理由は」

「はっきりは言わなかったですが、製薬会社との繋《つな》がりみたいなことを、匂わしていました。たぶん癒着というか、そのことで賄賂《わいろ》を受け取っていたんだと……」

やはりその程度の認識だったようだ。

無理もなかった。投薬ルールを利用して、保険金殺人を企てるなどという飛躍的発想は、この凡夫には想像もできないだろう。

「そうではなかったんです」

将貴は、野上が救急搬送されてきてから今までにわかった事実を、かいつまんで里中に話していった。

核心に迫っていくにしたがって、ただでさえ憔悴《しょうすい》していた里中の顔色がさらに青ざめていく。

「そ、そんなこと……私は知らなかった、本当に知らなかったんだ。信じてくれ。信じてください、狩岡さん！」

「では、警察の捜査に協力して、あなたが水樹にされたこと、させられたことを、すべて話してくれますね」

「もちろんです！　なんでも協力します。いや、させてください！」

頭をテーブルにぶつけんばかりに下げて、里中は言った。

「本当に本当に、申し訳ありませんでした。この通りです……」

消え入るような涙声だった。

13

麻酔から目覚める寸前に、野上は夢を見た。

幼い自分の子供と公園で戯れている夢だった。

今はどこで何をしているかもわからない妻もそこには居て、ビニールで出来たオレンジ色のボールを蹴《け》りながら追いかけていく息子の姿を、二人で笑って眺めていた。

息子が大きく蹴りだしたボールが、若い女性の足元に転がった。

女性はそのボールを拾い上げて、息子に手渡した。そして息子と一緒に野上を見た。

女性の顔は日本人離れして真っ白で、目は力強い印象的な光を帯びていた。

それは白夜だった。

野上が目を覚ました時にそばに居たのは、回診に来ていた岩崎医師だった。

岩崎は笑顔で野上を覗《のぞ》き込み、脈を取るとインタホンで看護師を呼んだ。

看護師を待つ間に野上は、岩崎になぜ自分はこうして生きているのかと尋ねた。

すると岩崎は、どこか誇らしげに微笑んで答えた。

「白夜先生のおかげですよ。あのひとが、あなたを必死で、疲れ果てて倒れるくらいに頑張って助けてくれたんです」

しばらくして、看護師と一緒に病室に現れた女性の医師は、胸のプレートから高森麻里亜という名前だと分かった。

高森医師は野上にはわからない難しい話を岩崎や看護師と交わして、それからまた注射器で血を採られたり、いろんな機械で体の調子を調べられたりと、一通りの作業が終わったあと、ようやく一人になれたとホッとしていた時に、白夜が訪れてきたのだった。

夢に出てきたこともあって、野上は彼女が病室に来るのを待っていた気がした。

ノックをされて、あの良く通る声がドアの向こうから聞こえてくると、気持ちが急《せ》いたのがわかった。

白夜はいつもの少し大きめに見える白衣を身にまとっていて、微笑みを浮かべて野上のベッドに歩み寄ってきた。

初めて会った時の彼女は、こんな笑顔はみせなかったように思う。どちらかというと表情のわからない、綺麗《きれい》だが冷たい印象の女性だった気がする。

自分に親しみを感じてくれているのかも知れないと思うと、なんだか嬉《うれ》しい。

「本当によかったです、野上さん」

白夜はそう言って、ベッド脇に置かれた椅子に座った。

「ありがとうございます」

野上はきしむ体を無理やり起こして、懸命に頭を下げた。

「白夜先生が助けてくださったそうですね。岩崎先生がおっしゃってました。こんな私みたいなジジイのために、疲れて倒れるくらいに頑張ってくださったと……」

「いえ、そんな……当たり前です、そんなこと……」

と、白夜は照れたように、モジモジとした様子で言った。

しかしそこからの彼女は別人のようにしっかりとした口調になり、野上がなぜこのような状態に追い込まれることになったのか、最初の救急搬送の時からの出来事を、事細かに順序立てて話していった。

言葉は十分に選ばれていて、野上でも彼女の言いたいこと、伝えたいことはほとんど理解できた。

野上にとっては信じがたい、信じたくないようなことばかりだったが、白夜の話だと思うと信じるしかないと思えた。

いや、自分を助けるために、本当に必死になって働き、そして手術の際には夜中まで闘ってくれたこの人の言うことを信じられないなら、他に何を信じることが出来ようか。

一通りの話が終わった時、野上はあらためて、前から思っていたことを白夜に尋ねた。

「白夜先生はなぜ、私なんかのために、そんなにも頑張ってくれるんですか。こんな、どうしようもないアル中のジイサンのために、そんなに……」

「なんのためって……野上さんが、私の患者さんだからですよ」

白夜はあっけなく答えた。

シンプルだが不思議な説得力がある答えだった。

「前に話した時、野上さんは、いつ死んでもいいって言ってましたよね。それ、私は許しませんよ」

「えっ」

「私だけじゃなく、みんなで必死になって、野上さんのこと助けたんですから。いつ死んでもいいなんて、そんなのダメです。絶対に許しません」

「白夜先生……」

「だからお酒、止めてください。もう金輪際、飲まないって約束してください。バーテンダーのお仕事に戻っても、自分は飲まないでください。お願いします」

白夜は、深々と頭を下げた。

「止めてください、そんな。頭を下げたりしないでください。わかりました。わかりましたから」

慌てた勢いで、ついそう口にしてしまった野上のことを、満面の笑みで見つめて、白夜は言った。

「約束ですよ、野上さん！」

「……わかりました。約束します。指切りげんまん、しましょう」

「……なんですかそれ」

白夜は、きょとんと首を傾げる。

最近の若い人は指切りも知らないのかな、と苦笑しながら、

「右手の小指を伸ばしてください。こんな風に」

と、野上は『指切り』の態勢で右手を白夜に向けて突き出した。

おずおずと従う白夜の小指に自分の小指を絡めて、かすれ声をなんとか張り上げて言いながら、手を上下に揺らす。

「指切りげんまん、嘘ついたら針千本、の〜ます。指切った！」

そう言って小指を放すと、白夜はしばしきょとんと口を開けてから、白い綺麗な歯を見せて笑った。

ころころと楽しそうに声を出して、子供のように笑ったのだった。

14

安岡美保が逮捕されたのは、それからまもなくのことだった。

野上の証言とその裏付けとなる彼の血液検査データ、さらに病室のごみ箱に残ってい

たおにぎりの欠片に微かに含まれていた薬剤、ワーファリンが検出されたことが決め手となった。

不自然に高額な生命保険が、安岡の経営する法人によって野上にかけられていたことも、彼女の殺意を示す状況証拠として重要視されたようだ。

さらにその安岡の警察での証言と、過去の誤診を材料に脅迫を受けていた里中の告白、そして安岡との通話記録の存在が、港医科大学附属病院で起きた不審死と今回の件の黒幕である水樹の正体を浮き彫りにしていった。

港医科大病院で、一度は極度の便秘による大腸破裂で起きた敗血症という診断をなされていた七十代女性の死亡事象が、その後に槙村によって高マグネシウム血症による薬物死だったことがわかり、しかもその薬物の投与と誤診をした医師が、他ならぬ水樹だったことも警察の疑念を深めた。

この女性患者が勤めていた清掃会社の女性社長の携帯通話記録にも、水樹の携帯番号が残されていたため、彼女にも警察は任意で事情を訊《き》くことになり、主犯格の水樹の逮捕は時間の問題となってきていた。

しかし大胆にも水樹は、高森総合病院での診療を続けていた。

警察の手が伸びてきていることを、頭のいい彼が感じていないはずはなかった。看護師など病院のスタッフたちの好奇の目もあっただろう。

にもかかわらず平然と日常の診療をこなしていく彼の大胆不敵には、将貴たちも戦慄《せんりつ》を覚えずにはいられなかった。

水樹逮捕の日は雨が降っていた。

そういう天候だと患者も比較的少ないものらしく、大挙して現れた刑事たちの姿は、いっそう只事《ただごと》ではない様相だった。

将貴は奥村から逮捕の情報を密《ひそ》かに得ていて、白夜について病院に足を運んでいた。

奥村の話によると証拠の不足を思えば、まだ任意同行を求めるくらいの段階だったそうだが、その悪質性、社会的影響をふまえて、世論を味方につけたいという意図があったのか、わざと一部マスコミにリークをした上で、敢《あ》えて病院で勤務中に逮捕という運びになったようだ。

逮捕の瞬間、ＤＣＴと白夜、将貴らは病院のロビーに揃っていた。

午前の診療を終えた水樹が、昼食のために降りてきたところに刑事が声をかけ、逮捕状を見せて同行を促した。

水樹は覚悟をしていたのだろう、すんなりと同行に応じ、そのかわりに手錠はかけないでほしいと捜査員に頼んだそうだが、その申し出は拒否された。

ロビーで患者たちが見ている中、水樹は手錠をかけられることとなったのである。

脱いだ白衣で手錠を隠された水樹が玄関に向かっていく様子を、将貴は白夜と一緒に見ていた。

一瞬だけ目が合った。

確実に水樹は白夜と将貴の方を見ていた。

なんの感情もこもらない、それこそよく言う死んだ魚のような目で。

そういう目で一瞥《いちべつ》するだけにとどめることが、彼の最後のプライドだったのかも知れない。

それからの一週間は修羅場だった。

系列出版社に出向しているとはいえ新聞社にまだ籍のある将貴は、事件に深く関わっていることを理由に本社に呼び出され、久しぶりに記事を担当し編集委員に経緯説明をさせられた。

さらに出版編集部が発行している週刊誌の特集記事までも担当することになり、寝る間もない一週間となったのだった。

警察官で唯一、当初から事件の中心に身を置いていた奥村は、捜査一課に交じって水樹の取り調べに同席を許された。

水樹はほぼ黙秘を通し、冤罪《えんざい》に強い腕利き弁護士を雇って徹底抗戦の構えだったようだ。恐らく弁護士探しは逮捕の気配が感じられたころに済ませてあったのだろう。

強引な逮捕劇を演出した以上、不起訴で終わらせることはなさそうだったが、用意周到な容疑者に捜査当局は苦戦を覚悟しているとのことだった。

怒濤《どとう》の一週間が過ぎて多少の時間が持てるようになると、奥村と将貴はお互いの健闘を労《ねぎら》うためと称して、いつもの公園沿いのイタリアンレストランで夕食を共にした。

将貴はここのところ海江田に仕込まれてきたシャンパーニュをグラスで注文したが、奥村は相変わらずビール一本槍《いっぽんやり》。乾杯するなり1分もかからずグラスを空にしてしまい、もう1杯注文を追加する飲みっぷりである。

3杯めに突入するころになって、ようやく将貴の聞きたかった取り調べの話になってくれた。

「――まあそんなわけで、黙秘黙秘で、まだなんにもできちゃいないんだよな、捜査本部も。ありゃあ、たいしたタマだぜ」

奥村は、水樹に対してなのか銘柄を変えた黒ビールになのか、ひどく苦い顔をしてみせた。

「当然だろうな。だから病院で逮捕ってのはやりすぎだって言っただろ。あんなパフォーマンスをやらかしたら、医療団体だって人権団体だって黙ってないし、却《かえ》ってつけ込まれるって」

そもそも、病院側にとってもたまったものではない。今年就任したばかりとはいえ、副院長が事件の主役なのだ。

これをきっかけにまた、閑古鳥が鳴くのではないかと、理事長の麻里亜は戦々恐々としている。

もっとも今のところ病院の経営に影響は出ていないようで、待合室はいつも通りの混雑である。ただ、二人いた副院長の一人が逮捕された上に院長までも辞任してしまい、理事会は次の院長を、問題のある人物を押しつけてきた港医科大に要請しているらしいが、まだ空席状態が続いているとのことだった。

「とはいえ、このあと大きな手術が待ってるからな。それで今度は、いい意味で話題にもなるはずだから、そんなに心配はしちゃいないんだが」

「それって、例の海江田誠の娘の件か」

「ああ。彼女はもう熱海から高森総合病院に搬送されてきてて、いよいよ明日《あした》には手術することになってる」

「うまくいくといいな」

「大丈夫。最高の執刀医と最強のサポートスタッフで臨むって話だからね」

そう。『彼』が執刀するなら、失敗はあり得ない。必ず完治して、病の軛《くびき》から海江田朝絵を解放してくれるに違いない。

「ところで奥村——」

将貴は3杯目のシャンパーニュを飲みながら訊いた。

「水樹ってのは、いったいどんな奴なんだ。黙秘を通してるって言っても、何もしゃべらないわけじゃないんだろ」

思えば将貴は、彼の人となりをほとんど知らない。将貴に限らず病院の誰に訊いても、プライベートなことはもちろん、過去についてもほとんど知る者はいなかった。

「ほんの少しだが、医療のことについての彼の考えは、口にすることもあったな」

奥村はもう何杯目になるかわからないビールを、ぐびぐびと底無しに飲み続けている。居酒屋ではないので、あとの会計が恐ろしいくらいだ。

「6年前までは脳神経外科医だったそうだが、当時勤めてた横浜の病院で、国会議員の執刀で大きなミスをやらかして、それをきっかけにメスを置いて内科医に転身したって話でね。一時は海外の医療機関を転々として、アフリカの病院で働いたこともあるらしい」

「アフリカの病院？　それだけ聞くと、ボランティアでもやっていそうな良心的な医者に思えるが……」

「実際、ボランティア同然の仕事をしてた時期もあるみたいだ」

「本当かそれ。1億の保険金をかけて、患者を殺すような金欲の塊が、信じられないな」

「それが、金欲の塊ってわけでもなさそうなんだよな、あの男」

「なに？」

「警察としちゃ、保険金目的の犯罪となると真っ先に預金の出入りを調べるわけなんだが、確かに高マグネシウム血症で患者が亡くなった後に、彼女の勤め先の法人から5000万円の入金があったわけさ。ところがその金のほとんど、4000万円以上がユニセフなどの慈善団体に寄付されてたことがわかったそうなんだ」

「寄付だと……？」

信じられない話だった。罪もない患者を殺害して得た保険金のほとんどを、慈善団体に寄付したというのか。

いったいどういうメンタリティで彼は、保険金殺人を企てたというのだろう。

まったく理解しがたい精神構造だ。

「医療について、何か話したことがあると言ったな。いったいどういう内容だったんだ、それは」

「いわゆるトリアージの話さ」

トリアージ。

一般的には災害や戦争などの現場で、医師など医療従事者が治療すべき患者に優先順位を付けることを言う。

しかし、新型ウイルスなどの蔓延《まんえん》による、人工呼吸器やECMOといった機器の他、医師や看護師を含む『医療資源』の枯渇が原因で、それが行われるケースも出てきている。

「どうもそれを、海外での医療活動でだいぶ経験したようだな彼は。もしかすると、そこで命を天秤《てんびん》にかけることを、歪《ゆが》んだ形で受け入れちまったのかも知れん」

奥村の言いたいことは、なんとなく理解できた。

港医科大病院で亡くなったのは七十代の女性で、事件の1年前に胃癌を切っていて、それ以来不眠に悩まされていたという。結婚歴はなく子供もおらず、天涯孤独だったそうだ。

野上も同じように天涯孤独、まだ六十五歳だがアル中でホームレスだったのを、安岡美保が拾った。保険金をかけて殺害するために。

彼らの命は、水樹にとっては『もう尽きている』と見えたのではないだろうか。

その儚《はかな》い命と引換えに得られる大金で救われる者がいるのだと思えば、自らの冷酷な犯罪行為も正当化されると、水樹は思っていたのかも知れない。

もちろんその異常心理の根幹には、彼自身のサディスティックな性質が土壌として存在するに違いない。

この怪物を育てた土壌、つまり彼の生まれ育った環境にこそ、まだ何か警察すら知り得ない謎が横たわっている気がした。

将貴は思い出していた。

逮捕され連行されるその刹那《せつな》に、水樹冬星がほんの数秒だけ合わせてきた視線の冷たさを。

その名の如く感じた、冬に星を見るような凍えを、将貴は生涯忘れられないだろう。

きっと、白夜も――。

15

この日の高森総合病院は、全ての出入り口に警備員が立っていて、患者や見舞い客が院内に入る際に、必ず診察券または身分証を提示するように義務づけていた。

もっとも、日曜なので本来は救急以外の外来患者は受け付けておらず、見舞いもなるべく遠慮してもらうように、入院患者に伝えてあったという。

そんなものものしい警戒の中で、唯一例外的にノーチェックで院内に入れる人物の容姿服装が、警備員には伝えられていた。

青いキャップを被《かぶ》っていて、濃いブルーのマスクをした男性。服は茶色のブルゾンに、カラシ色のコットンパンツという出《い》で立ち。サングラスをかけていて、身長は176センチ程度という指定通りの人物が現れたのは、午後1時過ぎのことだった。

彼の来訪に気づいた警備員は雇い主の海江田誠に言われていた通りに、声すらかけずに玄関を通し、あとは見て見ぬふりで外の警戒に当たった。

院内に入ると彼はそのまま新しい病棟へと向かい、出迎えた病院スタッフに見送られ、手術準備室へと消えていったのである。

彼が入室すると準備室の扉は閉じられて施錠された。

30分後にはシャワーを浴びて手術用ガウンに着替え、ゴーグルとマスクを整えた彼が姿を現し、患者の待つ手術室へと向かった。

彼が誰なのか知っている者は、今この病院にいる中でもごく僅《わず》か。この数年で何度か困難な手術を成功させるために彼が呼ばれた際に、助手として居合わせることを許されたDCTの男性メンバー三人と、看護師長の横川文江《ふみえ》、あとは麻里亜と将貴、そして白夜の7名だけだった。

今回、手術に参加するのは、執刀医の彼の他に総勢9名。第一助手の仙道、第二助手に夏樹、第三助手に麻里亜、師長の横川の他、事情を知らない麻酔医と臨床工学士、外回りの看護師2名。それに立会人として白夜も加わっている。

将貴も、見学室から手術に付き合うことを許されていた。

患者の全身麻酔はすでに十分に効いてきている。9名が緊張した様子で待つ中、執刀医の彼が自動ドアの向こうに姿を現した。

ドアが開き、グローブをした両手を掲げた彼がゆっくりと入室してくる。

その場にいた全員が小さく一礼をして彼を出迎え、そして執刀医のスペースを空けていざなう。

全員の準備が整ったのを見計らい、彼が術式の確認を始めた。

「手術内容を確認します。既存症状はキアリ奇形1型による全身の麻痺《まひ》と筋肉の萎縮《いしゅく》、患者の名前は海江田朝絵に間違いありませんね」

「はい、先生」

麻里亜が応《こた》える。

「間違いありません」

と、仙道も続いた。

「確認しました。では術式の説明に入ります。大後頭孔減圧術、および第1頸椎椎弓《けいついついきゅう》切除術。前者は頭骨を部分的に切除して取り外し、後者も椎骨の後ろの部分を切除して取り去るものです」

見学室のスピーカー越しでも、すぐにわかる。子供の頃から聞き慣れた彼の声。中学時代は家庭教師として、将貴の勉強をみてくれたこともあった。

「この両方に加えて硬膜を拡《ひろ》げることで、小脳下部にスペースが生まれ、脊柱管《せきちゅうかん》内に落ち込んでいた小脳が引き上げられて、圧迫症状が解消されることになります」

優れた研究者であり、困難とされる脳神経外科から心臓外科、もちろん胃腸などの手術もこなせる天才的な外科医でもあった彼が、表舞台に戻ってくるのは、いつになるのだろう。

そのためには、白夜の誕生にも関わった犯罪集団の正体を暴き、横領の罪を着せられて逃亡している彼の無実を証《あか》さなくてはならない。

「脳や脊髄《せきずい》には触れず、骨を切り硬膜形成を行うだけなので、侵襲が少ない外科処置であり、成功すれば患者もすぐに病室に戻れる手術です」

と言って、彼は見学室で将貴の隣から手術室を見ている海江田を一瞥《いちべつ》した。

海江田が小さく微笑んでうなずくのを見ると、声をやや張り上げて宣言する。

「それでは手術を開始します。……メスを」

横川師長の手からメスが手渡され手術が始まった。

麻里亜の兄である天才外科医、高森勇気の神懸かったメスさばきが、また一人の患者を絶望の淵《ふち》からすくい上げる。

その物語をじっと見つめる白夜の瞳《ひとみ》には、医学を志す者が見失ってはならない目的地、患者を救うというテーゼの尊さが、きっとまた一つ刻まれてゆくに違いなかった。

エピローグ

もうそこに朝絵はいないというのに、白夜は彼女のお見舞いにいく前に熱海に寄っていくと言って聞かなかった。

仕方なく吉祥寺からは片道2時間弱かかる熱海のプリン店に朝から出向いて、目当てのものを買い漁《あさ》ってのとんぼ帰りを敢行したのだった。

高森総合病院にはVIP向けの病室などなく、朝絵も通常の個室で療養をすることになる。なので手術のあとは、どこか別の場所でリハビリをしてもかまわないと、麻里亜は父親の海江田に話したのだが、朝絵自身がこの病院で普通の入院患者として過ごしたいと言って、そのまま留《とど》まることになったのである。

袋いっぱいの熱海プリンを両手で抱えて、白夜は将貴と一緒に朝絵の病室を訪ねた。

ノックをすると海江田の低い声で返事があり、将貴はまた不要な緊張をしてしまう。

どうも最初に会った時の彼とのひりつくようなやり取りが、刻みつけられて離れないようだ。

「失礼します！」

対する白夜はなんのてらいもなくドアを開けて、満面の笑みでベッドで上半身を起こして寛《くつろ》いでいる朝絵に駆け寄った。

「朝絵さん、体調はどうですか」

「うん、だいぶ良くなってきたわ。今日はなんとか、歩行器を使って歩いてみたの」

朝絵の声は白夜にそっくりだった。

長く外に出ていなかったせいで、肌の色も白夜に負けないくらい真っ白である。

27年前、十六歳の時にALSの診断を受けてから8年で歩けなくなり、そのあと5年で入院生活となった。

全身不随になったのは7年前。

白夜が『施設』の外に出る1年前のことだったという。

しかし今の朝絵は四十三歳という実年齢より、十歳ほども若く見える。

だから白夜と並ぶと、本当に年の離れた姉妹のようだ。実によく似た、仲のいい姉妹にしか見えない。いや、事実そうなのだ。

この二人は年の離れた双子の姉妹と言っていい。もう、それでいいはずだ。

「白夜ちゃんはもう、昨日でこの病院の実習は終わりだったのよね」

「はい。無事に終わりました。ちゃんとレポートも書いて教授に提出しましたよ」

「どういうレポートだったのかしら。そのへんの教授よりもよっぽど詳しいのに」

クスクスと笑う朝絵は、ほんの一カ月前までは安楽死を望んでいたとは思えない、爽《そう》快《かい》さに溢《あふ》れている。

籠《かご》から解き放たれた鳥のように心の羽根を動かし、どこに飛んで行こうか楽しみにしているかのようだ。

「さ、食べましょう」

白夜は自分が待ちきれないのか、いそいそとスプーンの準備を始める。

「将貴さんはもちろんですけど、海江田さんも食べますよね」

「そうだな、いただこうか。抹茶のプリンでも」

照れたように笑う海江田は、二人の娘に囲まれた幸福な父親のように見える。

「はい、了解です」

と、緑色の瓶とスプーンを手渡す。

「将貴さんは、お茶かコーヒーをいれてくださいね。よろしくお願いします」

言い方は丁寧なようだが、容赦なく仕事をさせる様子はどことなく海江田に似ているように思えた。

「朝絵さんは、いつものようにマロンから食べますよね。はいっ」

白夜は、ぶっきらぼうにプリンの瓶を差し出した。

朝絵はそれを受け取り、自分の手指で蓋《ふた》を開けてスプーンを持ち、

「いただきます」

と、口に運んだ。

白夜とよく似た、少女のような微笑みを湛《たた》えて……。

謝辞

本作を執筆するにあたり、千葉大学医学部附属病院　生坂政臣先生、
福井大学医学部附属病院　林　寛之先生、
福島県立医科大学　会津医療センター　山中克郎先生から
医療上の監修をいただきました。
この場を借りて御礼申し上げます。
医療上の誤謬に関しての文責は、すべて著者にあります。

本書は書き下ろしです。

ドクター・ホワイト

心《こころ》の臨床《りんしょう》

樹林《きばやし》 伸《しん》

令和3年 12月25日　初版発行
令和4年 2月25日　4版発行

発行者●堀内大示

発行●株式会社KADOKAWA
〒102-8177　東京都千代田区富士見2-13-3
電話　0570-002-301（ナビダイヤル）

角川文庫 22954

印刷所●株式会社暁印刷
製本所●本間製本株式会社

表紙画●和田三造

●お問い合わせ
https://www.kadokawa.co.jp/（「お問い合わせ」へお進みください）
※内容によっては、お答えできない場合があります。
※サポートは日本国内のみとさせていただきます。
※Japanese text only

ISBN 978-4-04-111785-9　C0193

◇◇◇

角川文庫発刊に際して

角川源義

第二次世界大戦の敗北は、軍事力の敗北であった以上に、私たちの若い文化力の敗退であった。私たちの文化が戦争に対して如何に無力であり、単なるあだ花に過ぎなかったかを、私たちは身を以て体験し痛感した。西洋近代文化の摂取にとって、明治以後八十年の歳月は決して短かすぎたとは言えない。にもかかわらず、近代文化の伝統を確立し、自由な批判と柔軟な良識に富む文化層として自らを形成することに私たちは失敗して来た。そしてこれは、各層への文化の普及滲透を任務とする出版人の責任でもあった。

一九四五年以来、私たちは再び振出しに戻り、第一歩から踏み出すことを余儀なくされた。これは大きな不幸ではあるが、反面、これまでの混沌・未熟・歪曲の中にあった我が国の文化に秩序と確たる基礎を齎らすためには絶好の機会でもある。角川書店は、このような祖国の文化的危機にあたり、微力をも顧みず再建の礎石たるべき抱負と決意とをもって出発したが、ここに創立以来の念願を果すべく角川文庫を発刊する。これまで刊行されたあらゆる全集叢書文庫類の長所と短所とを検討し、古今東西の不朽の典籍を、良心的編集のもとに、廉価に、そして書架にふさわしい美本として、多くのひとびとに提供しようとする。しかし私たちは徒らに百科全書的な知識のジレッタントを作ることを目的とせず、あくまで祖国の文化に秩序と再建への道を示し、この文庫を角川書店の栄ある事業として、今後永久に継続発展せしめ、学芸と教養との殿堂として大成せんことを期したい。多くの読書子の愛情ある忠言と支持とによって、この希望と抱負とを完遂せしめられんことを願う。

一九四九年五月三日

角川文庫ベストセラー

さいえんす？　東野圭吾

「科学技術はミステリを変えたか？」「男と女の〝パーソナルゾーン〟の違い」「数学を勉強する理由」……元エンジニアの理系作家が語る科学に関するあれこれ。人気作家のエッセイ集が文庫オリジナルで登場！

殺人の門　東野圭吾

あいつを殺したい。奴のせいで、私の人生はいつも狂わされてきた。でも、私には殺すことができない。殺人者になるために、私には一体何が欠けているのだろうか。心の闇に潜む殺人願望を描く、衝撃の問題作！

ちゃれんじ？　東野圭吾

自らを「おっさんスノーボーダー」と称して、奮闘、転倒、歓喜など、その珍道中を自虐的に綴った爆笑エッセイ集。書き下ろし短編「おっさんスノーボーダー殺人事件」も収録。

さまよう刃　東野圭吾

長峰重樹の娘、絵摩の死体が荒川の下流で発見される。犯人を告げる一本の密告電話が長峰の元に入った。それを聞いた長峰は半信半疑のまま、娘の復讐に動き出す――。遺族の復讐と少年犯罪をテーマにした問題作。

使命と魂のリミット　東野圭吾

あの日なくしたものを取り戻すため、私は命を賭ける――。心臓外科医を目指す夕紀は、誰にも言えないある目的を胸に秘めていた。それを果たすべき日に、手術室を前代未聞の危機が襲う。大傑作長編サスペンス。

角川文庫ベストセラー

夜明けの街で　東野圭吾

不倫する奴なんてバカだと思っていた。でもどうしようもない時もある——。建設会社に勤める渡部は、派遣社員の秋葉と不倫の恋に墜ちる。しかし、秋葉は誰にも明かせない事情を抱えていた……。

ナミヤ雑貨店の奇蹟　東野圭吾

あらゆる悩み相談に乗る不思議な雑貨店。そこに集う、人生最大の岐路に立った人たち。過去と現在を超えて温かな手紙交換がはじまる……張り巡らされた伏線が奇蹟のように繋がり合う、心ふるわす物語。

ラプラスの魔女　東野圭吾

遠く離れた2つの温泉地で硫化水素中毒による死亡事故が起きた。調査に赴いた地球化学研究者・青江は、双方の現場で謎の娘を目撃する——。東野圭吾が小説の常識をくつがえして挑んだ、空想科学ミステリ！

超・殺人事件　東野圭吾

人気作家を悩ませる巨額の税金対策。思いつかない結末。褒めるところが見つからない書評の執筆……作家たちの俗すぎる悩みをブラックユーモアたっぷりに描いた切れ味抜群の8つの作品集。

魔力の胎動　東野圭吾

彼女には、物理現象を見事に言い当てる、不思議な〝力〟があった。彼女によって、悩める人たちが救われていく……東野圭吾が小説の常識を覆した衝撃のミステリ『ラプラスの魔女』につながる希望の物語。

角川文庫ベストセラー

迎撃せよ　福田和代

官邸に送られたメッセージ。猶予は30時間。緊迫が高まる中、航空自衛隊岐阜基地から、ミサイル搭載戦闘機F―2が盗まれた。犯行予告動画に、自衛官・安濃は戦慄した。俺はこの男を知っている！

潜航せよ　福田和代

日本海。中国の原子力潜水艦内で、原因不明の爆発事故が。春日基地で防空管制官を務める遠野真樹一等空尉は、海栗島に赴任したばかりの安濃小隊長を呼び出し、驚愕した。この男は、安濃ではない！

生還せよ　福田和代

航空自衛隊から内閣府に出向した安濃は、シンガポールで諜報員として潜入調査に入る。だが接触を試みた日本人技術者が殺され窮地に立たされた安濃は、手がかりを追ううち背後に得体の知れぬ影を感じ……。

因縁　福田和代

妹の治療代のために犯罪に手を染めた葉山。成功したと思われた金塊強奪だが、直後に相棒の死体を発見。葉山は、消えた金塊の行方を追う中で、父親が犯した過去の犯罪の秘密を知っていくことになり……。

今夜は眠れない　宮部みゆき

中学一年でサッカー部の僕、両親は結婚15年目、ごく普通の平和な我が家に、謎の人物が5億もの財産を母さんに遺贈したことで、生活が一変。家族の絆を取り戻すため、僕は親友の島崎と、真相究明に乗り出す。